Querida Mamá, Querido Papá

por Marie Foss Hafen

Ilustrado por Kay Mac Vicars
Mecanógrafa Elaine Terry

Donated by
Carroll County Family
Connection Authority
DISCARD

♡ Escrito desde el corazón de tu bebé

ISBN 1-886990-02-6

Para presentaciones, llame al teléfono (435) 634-9510

Primera Edición Español, 1998
Impreso por
Publishers Press
U.S.A.
(E.E.U.U.)

Extendemos nuestro gran aprecio a la Universidad Estatal Weber en Ogden, Utah, por la traducción al español. Agradecemos a la Dra. June Phillips del Colegio de Humanidades por sus esfuerzos personales y por su equipo Laurell Martinez. Del Departamento de lenguas extranjeras: al Dr. Tony Spanos y a la Dra. Marta Stone quienes actuaron como consultores editoriales. El Dr. Spanos nos recomendó a Glen Mendoza, un alumno brillante, quien hizo la traducción.

Glen Mendoza nació en estados unidol, creció en le Ciudad de México. Aprendió tres idiomas en la escuela: español, inglés y francés. Asistió a una escuela de Derecho, y eventualmente regresó a los Estados Unidos. Por el momento estudia Historia en la Universidad Estatal Weber, en Ogden, Utah, y planea asistir a una facultad de Derecho en los Estados Unidos en un futuro cercano. Trabaja como traductor oficial para una agencia del gobierno federal de los E.E.U.U. Reconociendo la necesidad urgente de enseñar a nuevos padres como cuidar de sus hijos, así como la necesidad de atender las necesidades de aquellos padres que no hablan inglés en casa, Glen piensa que este libro probará ser una agradable y útil herramienta.

Con apreciación al equipo del Centro Mexicano Internacional en Morelia, México, especialmente a Minella Oropeza, por su ayuda en la lectura para la versión en Español.

Con apreciación a Silvia Bustamante por su traducción y corrección de todas las revisiones del libro.

Queremos reconocer a Mariela Dabbah y Roberto Ceballos de Flame Co., Pleasantville, New York, como consultores editoriales finales.

Queridas Familias,

Hace un par de inviernos fui incapáz de trabajar a causa de una enfermedad complicada. Durante mi convalescencia pude leer, reflexionar, ver programas de TV y escuchar comentarios interesantes. Me sorprendí al notar la confusión que existe en muchas familias. Comencé a leer libros publicados recientemente sobre la crianza de niños. Después de mucho leer, me di cuenta de que la mayoría de las familias tienen poco tiempo para leer y que se pueden desanimar fácilmente.

Después de mi búsqueda, me pregunté: "¿Y si se escribera un libro desde la perspectiva de un niño? ¿Podría tal enfoque, dulce y honesto, ser de alguna ayuda y tener sentido?" Comencé a anotar algunos de mis pensamientos.

Deseo expresar mi agradecimiento a muchos amigos por sus opiniones y consejos profesionales. También deseo reconocer los libros que consulté y a sus autores como mis amigos. Quiero así mismo expresar mi aprecio a mi tipógrafo y a mi consultor editorial, pues ambos dedicaron muchas horas para desarrollar este libro. ¡Todos estamos de acuerdo en que este es el libro que nos hubiese gustado encontrar cuando criamos a nuestros numerosos hijos!

Debo reconocer a mi esposo, Ralph R. Hafen. Aprecio su lealtad, paciencia y sabias sugerencias. Sus cinco hijos y sus familias también han sido muy cariñosos y me han brindado su apoyo.

Los objetivos de este libro son ofrecer una buena base para la comprensión de las necesidades de los niños, la cual puede ser aumentada con clases especiales sobre crianza de niños, y crear un interés en otros libros disponibles sobre este tema.

Los niños nacen puros e inocentes y completamente dependientes de sus padres. Debemos darles todo cuanto nos sea posible e inculcarles valores de honestidad, integridad, virtud, y moralidad. Debemos ayudarles a desarrollar sus habilidades así como darles una educación que les permita ser personas de provecho. Debemos crear una atmósfera en la que se sientan seguros y en la que sientan que pueden confiar en las personas que les rodean. Si escogemos ser padres, debemos escoger ser responsables. Esa es nuestra deuda con los "pequeñines."

Es mi esperanza que los padres estén dispuestos a dar "lo mejor" a sus hijos, a fin de que la próxima generación pueda transmitir buenos valores a sus hijos. ¡Necesitamos recordar que cada generación debe tratar de "mejorar" a la siguiente! Los niños tienen mucho que decir. ¿Estamos dispuestos a escucharles? Los niños deben ser respetados, amados y guiados, no abusados ni descuidados de ninguna manera. Si usted va a hacer un gran esfuerzo en enseñar valores, estamos orgullosas de usted. Sus nietos tendrán un mejor futuro.

Con mis mejores deseos,

Marie Foss Hafen

Dedicado a todos los niños y niñas.

Gracias a mis niños,
Shauna, Barry, Erick,
Brenda y Tonya
por todo lo que hemos
aprendido juntos.

Este libro ha sido escrito para todos los padres. Si tus pequeños pudieran hablar con el corazón en la mano, te pedirían que los ames y te ocupes de ellos.
Es tu reponsabilidad mejorar la próxima generación y hacer lo mejor que puedas.

¡Gracias por amar a los niños!
Marie Foss Hafen

p.d. (Perdona a tus propios padres por sus faltas y defectos al criarte - hicieron lo mejor que pudieron.) Los principios mencionados en este libro son aplicables a todas las personas desde la infancia hasta la vejez.

TABLA DE CONTENIDO

I. Mis comienzos e información básica sobre el embarazo de Mamá

Este es sólo el "principio" tan peculiar y útil de este libro sobre crianza de niños ...

Sigue leyendo por favor, para que puedas comprender los sentimientos y necesidades de los niños pequeños...

Lee más...y aprende cómo se sienten los pequeños respecto de una mudanza, el divorcio y el abuso (¿qué pueden hacer los padres cuando se encuentran en una situación difícil?).

Continúa...vas a aprender "cómo" de manera sencilla puedes mantener la casa limpia y ordenada (mira las buenas ideas y consejos)...

Y...puedes cocinar comidas sanas, ahorrar dinero y aprender sobre la importancia de las horas de comida en la casa...

También...mira los consejos Atesorados de la Abuela.
Muchas Abuelas han pasado estos consejos através del tiempo.
Es útil escuchar a quienes ya han pasado por esta etapa...

Queridos Mamá y Papá,

Muchos tipos de bebés vienen a este mundo.

(¡El mundo te da "las gracias" cuando demuestras tu responsabilidad trabajando, dándome lo que necesito y cuidándome!).

Es importante tomar la responsabilidad de ser padres seriamente. (Los bebés son personas pequeñas—no son juguetes).

Soy perfecto y puro cuando llego a ustedes como un bebito.

3

Queridos Mamá y Papá,

¿Sabían que Dios me dió a ustedes para que puedan aprender a ser personas bondadosas y responsables? (Este libro les ayudará).

Existen muchos tipos de familias.

Varios estudios demuestran que los niños que viven con dos padres responsables y amorosos tienen mejores notas en la escuela.

2 Padres (Nacimiento o adopción), Padres Solteros,
Padres adoptivos, parientes, etc.

♡ Las familias se responsabilizan de sus hijos dándoles alimentos,
calor, un ambiente limpio y mucho, mucho <u>amor</u>.

Las madres embarazadas deben cuidarse a sí mismas.

Vé a un médico o a una clínica cuando estés embarazada. No fumes ni consumas drogas o alcohol. (Así se protegen tú y tu bebé).
Por favor, come alimentos saludables.

Algunas mamás se sienten bastante mal cuando quedan embarazadas.

Un poco de náuseas es normal.
Si no puedes retener nada, obtén ayuda médica.
(La mayoría de las mujeres tienen náuseas durante tres o cuatro meses).

Las Mamás deben saber cuán rápido se desarrolla un bebé.

Mes 1	Comienzan a formarse el cerebro, los ojos, la boca, el oído interno, los brazos y piernas.
Mes 2	Se forman la cara, los codos, los dedos de los pies y de las manos. Los huesos comienzan a endurecerse. ¡El bebé ya se puede mover!
Mes 3	Se forman los dientes, los labios y los genitales. ¡El bebé patalea, cierra el puño, voltea la cabeza, mueve los ojos y puede mover las cejas!

Mi corazón comienza a latir durante el primer mes.
(¿No es emocionante?).

Mes 4 Se forman el cabello, las cejas, las pestañas
y las uñas. Ya puedo sentir sabores.
7 pulgadas, 4 onzas (18 cm., 114 g.)

Mes 5 Cabello en la cabeza, patea y se mueve mucho.
Puede chuparse el pulgar.

Mes 6 10-12 pulgadas, de ½ a 1 libra
(25.4–30.48 cm., 226–454 g.)

Mes 7 El bebé abre y cierra los ojos.
Puede escuchar sonidos dentro de mamá.

Mes 8 11-14 pulgadas, de 1¼-1½libras
(27.94–35.56 cm., 566–680 kg.)

Mes 9 El peso se duplica, piel roja y arrugada.
14-17 pulgadas, de 2½-3 libras
(35.56–43.18 cm., 1.13—1.36 kg.)

Oye sonidos, los huesos ya están endurecidos.
4½-6 libras (2.04–2.72 kg.)

La piel es suave. El bebé se pone cabeza abajo,

Mi desarrollo es muy importante. No puede ser apresurado
(Los bebés de término completo–de 9 meses–generalmente tienen menos problemas).

La mayoría de las mamás piensan que el embarazo dura un largo tiempo (más o menos 9 meses).

El embarazo te da tiempo para prepararte para mi nacimiento. Vas a ser responsable de otra vida y es una gran compromiso.

(Lo que quiere decir es que ustedes no van a ser egoístas y que se comprenderán mutuamente siendo amables el uno con el otro y así de esa manera van a comprender mis muchas necesidades.

Obtengan consejo o terapia si creen que discuten mucho, están frecuentemente enojados o se sienten tristes casi todo el tiempo).

♡ A través de los años, por favor hagan todo lo posible por evitar el divorcio.

La mayoría de las mamás se sienten nerviosas y emocionadas cuando llega la hora de parto.

*Muchas madres deciden tener sus hijos en casa.
Si ésta es tu decision, por favor busca una buena partera.
Ellas estan bien entrenadas y son muy sensitivas a tus necesidades.

El nacimiento es un milagro. Con el apoyo de la familia, amigos y el equipo médico, puedes tener una buena experiencia. (¡Y yo valgo la pena!).

Queridos Mamá y Papá,

¡He nacido y estoy alegre de estar aquí!
¡Gracias por tenerme!

Por favor se paciente y comprensivo: cambia mis pañales a menudo y siempre pon tu mano en la parte de atraz de mi cabeza cuando me levantes. Sean amables entre uds.

Necesito una casa feliz y cariñosa.

Muchas gracias.

II. Mis muchas Necesidades de Bebé

Como soy muy pequeñito... tengo muchas necesidades.

Necesito que comprendas lo importantes que son mis primeros cinco años de vida.

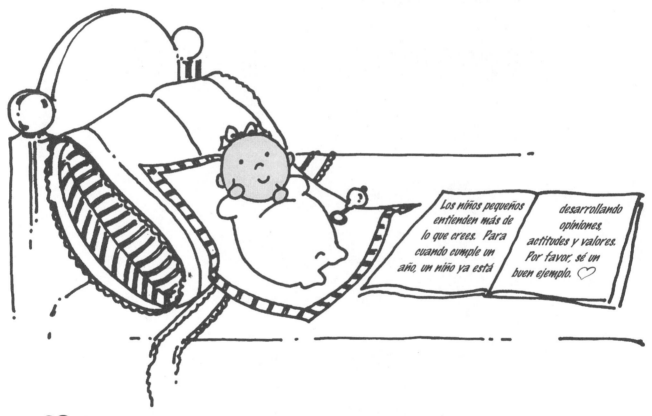

Los niños pequeños entienden más de lo que crees. Para cuando cumple un año, un niño ya está desarrollando opiniones, actitudes y valores. Por favor, sé un buen ejemplo. ♡

♡ Por favor recuerda que los bebes son angelitos puros e inocentes.
Los bebitos "sienten" todo lo que decimos y hacemos.
Actua adulto, discute todo y busca consejero si no se estan comunicando.
♡ Habla con los pequeños en la misma forma en que té gustaría que te hablaran. Realiza que no siempre ellos se estan adaptando a tu mundo, necesitas ser adulto suficiente para adaptarte a su mundo.
Los niños merecen ser respetados y considerados.

Necesito una cama limpia y cobijas suaves y limpias.

Ten cuidado al comprar cunas usadas. Algunas cunas tienen pintura a base de plomo o barras muy separadas. Nunca me pongas a dormir sobre un cobertor relleno de plumas, sobre una cama de agua o sobre una almohada - podría asfixiarme.

Por favor, consulta a tu médico ó clínica sobre la mejor posición para colocarme en la cama. (Lo mejor es acostarme sobre la espalda o un costado)

Necesito que me limpien y alimenten apenas me despierte.

Gracias por cuidarme. Tengo tanta hambre...

Limpia las pompis de tu bebé con gentileza cada vez que le cambies los pañales.

Tanto las Mamás como los Papás son responsables de atender las necesidades de los bebés.
Es bonito poder ayudarse mutuamente. Nunca ignores un pañal empapado ni el llanto por hambre.
(Recuerda lavarte las manos con agua y jabón después de cada cambio de pañales).

Necesito que seas amable conmigo.

Soy muy frágil...si te enfadas demasiado cuando lloro, y me golpeas o sacudes con fuerza, podrías lastimarme muy seriamente. Si me detienes o me empujas cuando lloro en la cuna me puedes lastimar seriamente y talvez matarme. Soy muy pequeño para distinguir entre 'bien' y 'mal.' Si lloro mucho, no quiere decir que me estoy portando mal; sólo quiere decir que te necesito.

Cuando los padres estan cansados o enfermos pueden sentirse frustados. Frustración puede cambiar a enojo. Si te sientes muy enojado, ve a otro cuarto, ve afuera, o llama a un amigo para poder calmarte. Di a ti mismo "...él es solamente un bebé. Yo soy el adulto. Nunca me permitiré lastimar a mi bebé." Lee las pgs. 119 y 120.

Necesito que me amamantes (me des el pecho) de ser posible.

1. Los médicos coinciden en que la leche materna es la mejor y la más fácil de digerir para el bebé.

2. Las madres primerizas se pueden desanimar fácilmente amamantando.

3. Llama a "Le Leche League" o a una madre con experiencia en amamantar a sus hijos (llama al Departamento de Salud o llama a un hospital y habla con la enfermera a cargo del piso de Maternidad).

4. No te sientas avergonzada por comentarle a alguien tus frustraciones sobre amamantar (¡no estás sola!).

5. En algunas ocasiones, toma entre 2 y 4 semanas para que tú y el bebé se ajusten mutuamente.

6. Recuerda, todo lo que tomas y comes pasa a tu leche. No uses alcohol, drogas ó fumes cuando me amamantes. (Si necesitas tomar medicinas por alguna enfermedad por favor dile a tu doctor que amamantas.

Necesito alimentos especiales.

♡ Por favor, mantén limpios mis biberones. Debo tener un biberón limpio por cada comida. Cuando me dejas un biberón en la boca (mientras duermo) aún un buen jugo o la "fórmula" me pueden dañar los dientes que se están formando. Sólo debo tener cosas buenas en mi biberón...fórmula, jugos diluídos (rebajados) con agua o simplemente agua.
NUNCA pongas bebidas gaseosas, dietéticas, o bebidas azucaradas en mi biberón, y especialmente NO pongas ni cerveza ni licor en mi biberón...¡no son buenos para mí!

Necesito buenos alimentos en mi Primer Año.

Primero consulta a tu médico o clínica.

* Estos alimentos son sólo sugerencias

* Si muestro alergias a cualquier alimento o bebida, dile al médico.

* No le des miel de abejas al bebé durante su primer año.

* Siempre lávate las manos con agua y jabón antes de preparar cualquier alimento.

Nacimiento - 4 meses	Leche materna o fórmula enriquecida
4 - 5 meses	Cereal de arroz para bebés
5 - 7 meses	Puré de vegetales y frutas, jugo de manzana o de otras frutas (sin azúcar) (3 onzas/90 ml. por día)
7 - 8 meses	Queso "requesón," yogur, carne molida muy fina, pollo, yemas de huevo (no le dés la clara hasta que cumpla un año).
8 - 9 meses	Frutas y vegetales machacados, queso suave, comida que se come con los dedos, pedacitos de vegetales hervidos, fruta blanda. Ofrécele jugo en una taza.
10 - 12 meses	Comida de la mesa familiar, cortada en pedacitos (asegúrate que el bebé los pueda masticar).
1 año	Puedes destetar (quitar el pecho) o el biberón. Puede tomar otras cosas.

15

Necesito que tengas mucho cuidado cuando estés calentando mi comida.

El horno de microondas calienta mucho las cosas en ciertos lugares. Asegúrate de revolver y probar la comida para que no me queme.
Sugerencia: si la comida esta muy caliente agrega un cubito de hielo y revuélvelo y sácalo rápido para que no enfríe la comida.

Necesito que me limpies la cara y las manos si me cae comida encima. Soy muy pequeño para hacerlo por mí mismo.

Un trapito suave y tibio es agradable, también las toallitas pre-humedecidas son muy útiles cuando estamos de viaje.

 Gracias

Necesito que me permitas moverme y menearme.

Me aburro sentado en mi
asiento todo el día
(no dejes que ésto pase)

Es divertido explorar una
cobija grande, pero por
favor, no me dejes solo.

♡Por favor no me dejes en la cama o cuna por mucho tiempo -
necesito cambio de ambiente.
Necesito una variedad de juguetes brillantes y seguros.
Por favor, límpialos diariamente.

Necesito sonidos suaves.

Mi cuerpo y mi mente son muy
sensibles, y cuando la televisión,
la radio o cualquier otra cosa hace
mucho ruido, me causa malestar.
Gracias por tenerme consideración.

Necesito que me protejas.

<u>Por favor,</u> levanta las cosas pequeñas del suelo,
porque me las puedo meter en
la boca y puedo ahogarme.

<u>Por favor,</u> cubre los contactos eléctricos con
cubiertas de plástico.

<u>Por favor,</u> pon todos los productos de limpieza y
venenos en donde
NUNCA pueda alcanzarlos.

<u>Por favor,</u> amarra todos los cordones electricos
para que no me tropiece en ellos y
posiblemente me estrangule.

No permitas que juegue con bolsas plásticas; si la
pongo sobre mi cabeza podría dejar de
respirar, si muerdo un pedazo de plástico
podría ahogarme o asfixiarme.

<u>(Por favor,</u> ¡no tengas una pistola u otras cosas peligrosas cerca de mí!)

Cuidado con cables que cuelgan
(especialmente de plancha).

Necesito que me protejas de las mascotas.

Cuando soy pequeño, no me puedo
alejar de los animales.
Me podrían lastimar "accidentalmente".
POR FAVOR, JAMÁS me dejes
solo con una mascota.
*Animales caseros necesitan ser bañados y limpiados a
menudo. Mira por alguna señal de enfermedad,
que incluye señales de diarrea o vómito.
Limpia bien el piso y la carpeta para remover cualquier
posibilidad de parasitos o enfermedades.
(Esto puede ser muy dañino para la familia).
*Lleva toda mascota enferma
inmediatamente al veterinario.

Necesito que le pongas etiquetas a todo.

Esto te ayudará a mantener estas cosas peligrosas lejos de mí y alertará a aquellas personas que me cuidan.

Pon todas estas cosas en un lugar elevado o enciérralas bajo llave:

- Todos los venenos
- Botellas con pastillas
- Productos de limpieza
- Comida y líquidos inusuales

Recuerda: todas las medicinas pueden ser peligrosas y dañinas.

Necesito que tengas cuidado con cubetas, baño, o cualquier cosa que contenga agua.

Los niños pequeños pueden caer muy fácilmente dentro del baño y cubetas y pueden ahogarse con facilidad (realmente puede pasar). NUNCA dejes a un niño pequeño en el baño, ni por un minuto...

Por favor, mantén la puerta cerrada.

19

Necesito que seas paciente cuando me enseñes sobre cosas especiales o frágiles que haya en la casa.

1. **Detenme con gentileza.**

   (Por favor, no me pegues, no me dés jalones ni me grites).

2. **Háblame sobre el objeto.**
3. **Déjame tocar con un dedo.**
4. **Llévame a otro sitio a jugar con algo que sea seguro.**

   *Pon objetos peligrosos o de valor fuera de mi alcance o en un lugar seguro.

 Gracias por cuidarme.

Necesito que te acostumbres a mirarme a los ojos y a la cara cuando me hables.

Esto me hace sentir que soy alguien especial, y quiero que sepas que tú también eres especial para mí.

Cuando la madre sale y el padre esta cuidando, algunas veces los padres se sienten frustrados - lee nuevamente pgs. 14, 119 y 120.

Necesito que me tengas en tus brazos y me arrulles.

A veces me pongo inquieto porque quiero estar cerca de tí.
(¡Te quiero tanto!).

Necesito un baño de esponja o en tina todos los días.

Es bueno tener la casa y el cuarto a buena temperatura mientras me bañas

Aún cuando no puedo jugar afuera con la tierra, necesito que me bañes. Nunca me dejes solo (ni por un segundo) en el agua. Soy muy resbaloso en el agua.

(Por favor, usa champú "sin-lágrimas" y jabón para bebés).

¡Nunca me pongas en agua demasiado caliente! (O fría)

(Pon tu codo en el agua para comprobar la temperatura).

Necesito que revises mi pañal con frecuencia.

Nada se siente mejor que estar limpio y con un pañal seco. Esto también ayuda a prevenir irritaciones causadas por los pañales y muchas frustraciones. (Hay que lavar y tratar a los bebés con gentileza).

Sugerencia: si usas pañales de tela, siempre enjuaga los pañales sucios dentro del baño y remueve cuantos desechos sea posible antes de lavarlos.
Si los pañales están muy sucios, remójalos en un recipiente grande con una solución suave de lejía (cloro), y luego lávalos de la manera usual.

Necesito que comprendas que tus estados de ánimo me afectan.

No espero que siempre estés de buen humor,
pero por favor, no te desquites conmigo.

¡Queridos Mamá y Papá,

necesito que entiendan que si están enojados, no es justo que me ignoren o se desquiten conmigo!

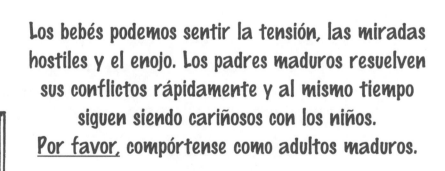

Los bebés podemos sentir la tensión, las miradas hostiles y el enojo. Los padres maduros resuelven sus conflictos rápidamente y al mismo tiempo siguen siendo cariñosos con los niños.
Por favor, compórtense como adultos maduros.

*Recuerda que puedo sentir tus emociones.
Los enojos entre uds son duros para mi.

23

Necesito que te cuides, que tomes pequeños descansos y que te diviertas de vez en cuando.

Recuerda, mientras más pequeño soy, más difícil es estar lejos de tí...
toma pequeños descansos no muy lejos de mí para que no me asuste.
A medida que crezca, me sentiré más seguro cuando te vayas.
¡ADVERTENCIA! ¡NUNCA ME DEJES SOLO EN CASA!
No me dejes con alguién demasiado joven o con alguien
que tenga una desabilidad la cual pueda interferir con mi cuidado.
Los monitores electrónicos no son niñeras,
dejándolo con un vecino o dejando al bebé solo,
se considera como negligencia porque puede haber un accidente.

Necesito que te prepares cuando me dejes al cuidado de alguien.

Por favor recuerda

- Bolsa (u otra cosa) para pañales

- Biberón, fórmula, comida para bebé, etc.

- Chupón

- Pañales y artículos de limpieza

- Crema protectora contra el sol

- Una muda de ropa adicional

- Mi cobijita

- Juguete (mi favorito)

*Instrucciones especiales y/o medicinas, etc.

*Siempre chequea el tiempo, si está fresco o frio cúbreme los pies, ponme un sweater o una cobijita. Pero si esta caliente, no me acobijes mucho, usa sentido común.
*Cuando está haciendo viento, cubre mis oidos.

Gracias por ser considerado con quien me cuida.

Necesito que tengas mucho cuidado cuando me dejes con alguien.

Todavía soy muy frágil y sensible. Posiblemente la abuela o alguna amistad de confianza podría cuidarme de vez en cuando por poco tiempo.

♡ Por favor, no abuses de estas personas porque no es justo ni para ellos ni para mí que estés lejos por mucho tiempo.

Necesito que les dejes cierta información a las personas que me cuidan.

*No pienses que quienes me cuidan siempre saben qué hacer, o cuál es mi rutina. Nos ayuda a todos si revisas la lista para la niñera.

QUERIDA NIÑERA o CUIDADORES

1. Mi nombre es_____
   y me gusta que me llamen _____.
2. Mamá/Papá regresará a casa a las _____
   y puedes comer _____
   Gracias por hacerme sentir seguro mientras mi Mamá/Papá está fuera.
3. Puedes encontrar a Mamá/Papá en _____.
4. El nombre de nuestros vecinos (o amigos) es_____
   _____ y su número es _____.
5. Generalmente me voy a la cama a las _____ y me llevo
   mi _____conmigo.
6. Los alimentos (o biberón) que puedo comer son(es) _____
   _____
   pero soy alérgico a _____
7. La ropa que uso para acostarme es _____ y la puedes encontrar
   en _____.
8. Mi libro favorito es _____.
9. Mi programa de TV o video favorito es_____.

10. Otras cosas que me gustan hacer son _____
    _____.

♡ Te puedo enseñar dónde están los juguetes. Ayúdame a guardarlos para que la casa se vea bonita cuando llegue Mamá/Papá. Gracias.
♡ Si lloro mucho porque tengo algo de miedo, sé paciente conmigo. A veces me resulta difícil dejar que mis papás se vayan (pero me alegro que puedan divertirse...)
♡ Si tomo alguna medicina, por favor lee las instrucciones de Mamá/Papá.

Necesito que me lleves al médico o a la clínica para mis controles de salud y mis inmunizaciones (vacunas).

Clínica

Clínica →

Llama a tu médico o llama al Departamento de Servicios de Salud del Gobierno. (Busca el teléfono en el directorio telefónico). ♡ Esto es muy importante.

Necesito que mantegas un registro sencillo cada vez que me enfermo (enséñaselo al médico).

Los médicos están muy ocupados. Esto los ayudará

PREGUNTALE al doctor o enfermera:
• ¿Cuándo lo traigo de nuevo? • ¿Enfermará ésta injección a mi bebé? • Sí lo hace, ¿qué hago si tiene temperatura? • ¿Por qué la aspirina no es buena para mi bebé? • ¿Qué hago si tiene diarrea? • ¿Explíqueme por qué el agua y los liquidos son importantes para mi bebé? • ¿Qué hago si mi bebé no quiere su biberón o no quiere comer? • ¿Cómo le doy la medicina? (enséñame cómo se hace) • ¿Explíqueme por qué nunca debo darle ninguna medicina a mi bebé sin haberle preguntado primero? • Díme que observe otros bebés de la misma edad para ver el progreso normal (sonrisas, mirando objetos, sentándose, dando vueltas, etc.) • ¿Tienen el hospital o la clínica clases de parentesco?

♡Recuerda: NUNCA te averguences de hacer preguntas. Los padres no tienen todas las respuestas... Continua preguntando hasta que te siestas satisfecho y cómodo. Busca la manera de atender clases de parentesco. Son divertidas y todas aprendemos mutuamente.

Necesito que comprendas que me puedo sentir inquieto después de mis vacunas o de visitar al médico.

Pregúntale al médico qué medicina me ayudará. Por favor procura quedarte cerca de mí durante estos días.
Te necesito.
♡ Gracias.

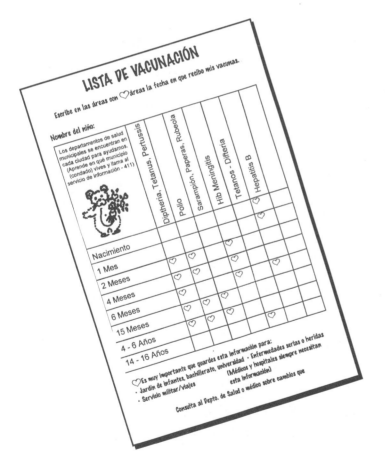

¡Nunca pierdas esta información!

*Recordatorio: Asegúrate de leer todas las instrucciones y seguirlas cuidadosamente como estan escritas.
Si estas confundida o insegura llama a la oficina del Dr.

Necesito que jamás me dejes en un automóvil solo.

Es muy peligroso dejar a un niño (o mascota) solo en un autómovil.
Por favor no lo hagas.
♡ Gracias.

Recuerda: los automóviles se pueden CALENTAR como un horno, o ENFRIAR como un refrigerador. Ten precaución y nunca me dejes solo.

Necesito que seas PACIENTE y COMPRENSIVO sobre mis muchas necesidades y mis estados de ánimo.

Esto me ayuda a sentirme seguro y contento.
♡ Gracias.

Necesito siestas o un rato de silencio y descanso todos los días.

Lo mejor es dormir una siesta después del almuerzo.
Los niños se cansan después de una mañana agitada.
(Es importante que los cuerpos en crecimiento descansen)

III. MIS DESEOS

Me gustaría que me enseñaras sobre las cosas buenas de este mundo.

Todo tipo de personas

Estamos rodeados de tanta belleza.
♡ Gracias por ayudarme a ser consciente y a
apreciar nuestro mundo.

Me gustaría que tuvieras una caja o algo similar con mis cosas especiales,
(fotografías especiales, reportes de calificaciones, etc.).
Me gusta ver nuestras fotos familiares.

Algún día voy a querer saber todo sobre mí mismo para poder compartirlo con mis hijos. Mis cosas tendrán más valor para mí que cualquier juguete caro.

Me gustaría que me enseñaras buenos modales.

Enséñame a decir...

~POR FAVOR~

~GRACIAS~

~DE NADA~

~DISCULPA~

~PERDON~

Tú eres mi mejor ejemplo. Si eres amable
y cortés y usas estas palabras
yo también haré lo mismo.

♡ Gracias.

A veces me gustaría que nuestra televisión y teléfono se rompieran.

(Esta es mi hora favorita para pasarla contigo).

Te he esperado todo el día y necesito tu atención después de la cena. Cariño significa prestándome atención y no ignorándome necesito sentirme bienvenido seguro. Sentirme abrazado y tomado en cuenta. Me siento sólo y abandonado cuando estas muy ocupado para mi.

Espero con ansias nuestros ratos para jugar, para recoger juguetes, para que me digas que me quieres.

Me gustaría que no te enojaras tanto por el desorden.

Cuando visitemos amistades, enséñame a recoger los juguetes antes de irnos.

♡ Gracias por enseñarme a tener la casa recogida y ordenada.

No sé lo que significa "desorden."
Sólo necesito "aprender" a levantar mis cosas.
(Yo no te critico cuando haces tu desorden en la cocina, el cuarto de lavado, el baño, etc.).
Creo que necesitamos aprender a entendernos mutuamente.

Sugerencia: Antes de ir a la cama por la noche quizá podriamos jugar "recojamos los juguetes", podría usar una cubeta, o algo pequeño para poner los juguetes

Me gustaría que escogieras con cuidado lo que veo en la televisión.

No quiero que la televisión sea mi niñera.
Por favor, ¡asegúrate de que no vea
cosas violentas o que me asusten!
(inclusive, algunas caricaturas no son buenas)
Yo no SE que todo es fingido.

Me gustaría que escogieras para mí sólo los mejores programas de televisión, videos y programas para niños.

Es bonito escoger
programas de TV
juntos.

♡ Gracias por preocuparte por
las cosas que entran en mi mente.

Me gustaría no tener tanta hambre porque no soy lo suficientemente grande para preparar mi comida.

En ocasiones me es muy difícil esperar mientras piensas lo que vas a cocinar... ¡Me da tanta hambre! Me siento a gusto cuando las comidas son planeadas con anticipación. Me gusta que comamos juntos y seamos felices.

Me gustaría que tuvieras una lista de la comida que necesitamos. Esto nos ayudaría cuando vamos de compras.

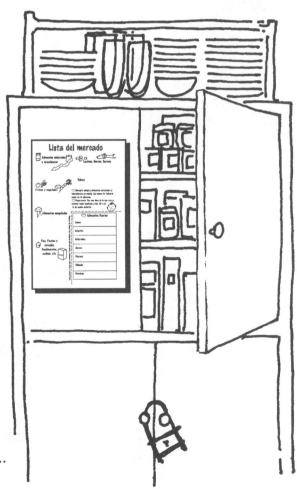

♡ Gracias por planear anticipadamente...

Me gustaría ser lo suficientemente grande para lavar la ropa...

...porque me molesta que te enojes cuando no encuentras nada que ponerte. Me gustaría que laváramos la ropa un día fijo en la semana para estar limpios y contentos.

p.d. ¿Crees que es posible ordenar la ropa por la noche para no estar con prisas por las mañanas?

Muchas familias lavan, secan y doblan la ropa todos los días.

*La ropa sucia no se acumula y se vuelve una tarea grande.

Me gustaría que no hubiera tantas prisas por la mañana.

Sé que tienes que ir a trabajar y llevarme a la guardería, pero ¿tiene todo el mundo que estar de mal humor?

(Los días de mal humor hacen que me duela el estómago y no es bueno para mí comer rápido).

Recuerda, tengo piernas pequeñas y no puedo caminar tan aprisa como tú. Por favor, camina más despacio.

Me gustaría que nunca te olvides de darme un beso o abrazarme (o ambos) cuando me dejes en la guardería o en cualquier otro lugar.

Cuando soy pequeño me gusta que me demuestres que te importo.
(Cuando crezca seguiré necesitando saber que te preocupas por mí).

Si hay días en que estas enojado conmigo, por favor no me amenazes con que no vas a regresar por mí o que me vas a dejar en cualquier lugar y dejarme abandonado.
Los padres son los heroes de sus hijos.
Siempre se amoroso conmigo.
Se siempre un heroe cariñoso (y fuerte).
Tu hijo te lo agradecerá un día.
♡ Muchas gracias.

Queridos Mamá y Papá,

Me gustaría que escojan muy cuidadosamente a la persona que me cuidará mientras ustedes trabajan.

Cuando me dejes por favor toma unos minutos para decirme que me quieres y que regresarás después del trabajo. Por favor recógeme a tiempo. Me preocupo cuando estas tarde. (Molesta a los trabajadores de la guardería también.)

Hay muchos lugares y gente buena para cuidarme, PERO a veces las cosas no son lo que tú piensas.

Siempre haz preguntas y revisa el lugar o visítalo con frecuencia.

(Recuerda: tenemos opciones - podemos encontrar alguien adecuado para nosotros).

¡Tú eres mi única protección!

- Ten Valor > ¡Pregunta a tu compañia si proveerán guardería en el trabajo!

- Niños pequeños (especialmente bebés) necesitan a la madre varias veces al día. Se recomienda que madres amanantando lo hagan por lo menos por un año.

- La guardería necesita proveer una area para niños enfermos y tener una enfermera disponible.

- ¡Estudios hechos han comprobado que hay menos ausencias, menos tensión de los empleados, alta moral y un aumento en producción, lo cual provee una situación en la que todos ganan!

- Compañías con guarderías en el trabajo desean haber proveido este servicio hace muchos años.

Me gustaría que no usaras malas palabras.

Decir groserías no es un buen ejemplo para mí.

La gente que usa un lenguaje apropiado aparenta más madurez y es más respetadas por los demás.

Me gustaría que no discutieran cerca de mí.

Por favor, resuelvan sus diferencias lejos de mí. Me asusto, (cuando soy un bebé, también puedo sentir el enojo de ustedes).
Todo el mundo tiene diferencias— sólo necesitan resolverlas pacíficamente.

Sean maduros suficientemente para escucharse mutuamente. Tomen turnos hablando (y escuchando). Está bueno tener diferentes opiniones - simplemente respeta la opinión de otros, y manten tus creencias personales. Argumentos pueden inducir a comentarios que pueden dañar tu relación.

*Si todavía te sientes enojado, por favor busca ayuda.

Me gustaría que buscaras ayuda si te sientes enojado frecuentemente.

Las personas fuertes consiguen ayuda. Cuando obtienes ayuda para tí, me ayudas a mí. ♡ Gracias.

Familias Deberían ser Para Siempre

Matrimonios Felices:

1. Rianse juntos - disfruten el humor de ambos.
2. Diviertanse juntos (juegos, eventos atíeticos, recreaciones).
3. Compartan todo - no competencía o egoismo.
4. Diviertanse compartiendo las experiencias del día.
5. Díganse algo amable todos los días. Piensa y den complementos más que critisismos.
6. Nunca critiquen a sus compañeros con otros. Solamente digan cosas buenas.
7. Olvida y perdona facilmente y da más amor que discuciones.
8. Demuestra paciencia y respeto aún cuando el otro se comporte inmaduramente.
9. Disfruten momentos tranquilos. Juntos y permitan que cada uno tenga tiempo indi-vidual para leer y relajarse.
10. Adultos maduros toman tiempo para expresar sus sentimiento honestamente y para escuchar a su compañero. (Esto no es para probar quién está correcto o en error, sino para mejorar las actitudes y el tratamiento mutuo).

Como padres, el mejor regalo que pueden darle a su hijo es demostrando amor mutuo. (Les enseña como ser cariñosos). Esto ayuda a los niños a sentirse seguros y felices.

Para muchas parejas, la majoría de los disgustos y frustraciones vienen de:

(1) Tension financiera (gastando dinero sin consultarse mutuamente, sobre usando la targeta de crédito, no cuidando lo comprado y teniendo que volver a comprar);

(2) Egoismo (queriendo que todo salga de tu manera y siendo demasiado demandante o abusivo y no siendo considerado en los sentimientos sexuales mutuos);

(3) Infidelidad (coqueteando en el trabajo, teniendo un amante, no viniendo a casa, no siendo honesto, etc.);

(4) Alcohol, drogas, apostando dinero, etc. (adicciones);

(5) Diferencias religiosas o no religión y una pérdida del sentido de los valores morales;

(6) Diferencias en parentesco (si tienen diferencias en como criar a sus hijos, uds, los confundirán y ellos actuarán siendo rebeldes e irrespotuosos);

(7) Hablando irrespetuosamente y con comentarios sarcasticos, haciendo acusasiones y asumiendo y diciendo cosas de manera denigrante y degradante, usando inprofanidades.

APRENDE A SER GENEROSO; APRENDE A CAMBIAR HÁBITOS MALOS; APRENDE A ESTAR UNIDOS.

Me gustaría que no tuvieras que ir a trabajar para que pudiéramos jugar y estar juntos todo el día.

Voy a arreglar mi horario de trabajo (y mis obligaciones) para que pueda pasar más tiempo con mi familia.

Pero estoy orgulloso de tí porque por nosotros te esfuerzas y trabajas mucho.

So no tienes que trabajar tiempo completo, quiza alguno de uds podría trabajar medio tiempo. Comprendo que algunas veces los padres no pueden escoger. Estoy o orgulloso de uds, porque estan tratando de hacer lo mejor. Veo que trabajan duro para nosotros.

Por favor regresa a casa después del trabajo. Dile a tus amigos que no puedes salir con ellos todo el tiempo, porque tu familia te necesita.

♡ Muchas Gracias

Quisiera que nuestra casa, garage y jardin fueran siempre seguros...

Manteniendo a los niños salvos esuna parte importante de ser padre.

- ¿Tienes una hielera para acampar? ¿Está alzado de manera que un niño no la pueda abrir y encerrarse en ella? Los niños pueden ahogarse o sofocarse en aparatos cerrados (incluyendo archivos).
- Tienen un refrigerador o congelador vacio: ¿está la puerta contra la pared para que nadie pueda gatear adentro?
- ¿Estan las herramientas pesadas y filudas guardadas?
- ¿Estan los tanques de gas arreglados de manera que un niño no pueda darles vuelta? ¿Estan las cortadoras de grama o otra cosa mecanica guardada?
- ¿Estan todas las pinturas o diluentes guardados en un area fuera de la casa o garage?
- ¿Estan las armas, cuchillos o otra arma guardados bajo llave?
- No pongan insectisidas o venenos en botellas de bebidas o otra botella sin marcarlas.
- ¿Estan las escaleras, sogas y alambres guardados?

Quisiera que miraras alrededor de nuestra casa, garage y jardin.

martillo — herramientas electricas pesadas — QUARDADOS Y CON NOMBRES — lazos — navajas — ESTAR SEGUROS — venenos — escalera — sierra — pala — pintura — torchas — refrigerador — clavos — gas — alambres — hielera — rastrillo — cortadora de grama

Me gustaría recordar tu sonrisa y sentido del humor.

Te observo mucho. Puedo sentir cuando estás contento o triste o preocupado. Me siento contento cuando tratas de hacer que las cosas sean mejores.

La paz en la tierra comienza con familias felices.

Me gustaría que me dijeras "TE QUIERO" todos los días.

Mientras viva, NUNCA me cansaré de oír estas palabras.

Necesito oír eso– ¡Gracias!

¡TE QUIERO!

Por favor no chambrees acerca de nuestros amigos y familia. Quiero aprender a perdonar y ser comprensivo. Gracias por ser un buen ejemplo y hablar bien de todos.

Me gustaría que pudieras trabajar desde casa
(cuando soy pequeño, te necesito).

Cientos de compañías buscan personas que trabajen en su casa.
La biblioteca pública tiene muchos libros especiales sobre maneras de
usar tus habilidades en casa. ¡Por favor, infórmate ahora!
♡ Cuando tienes que trabajar fuera de la casa, gracias por
encontrar buenas personas para que me cuiden.

Me gustaría que nos acordáramos de "planear" (también para la diversión) para que disfrutemos de nuestra casa cuando estemos juntos todo el día.

Limpiar la casa y cuidar niños pequeños puede ser todo un reto. Cualquier cosa que organicemos hará que el día sea mejor. "¡Tú puedes hacerlo!"
♡ Para sugerencias ver pg. 126-132.

Deseo que comprendas la importancia de que te levantes cuando yo me despierto por la mañana.

Necesito que me cuides cada mañana (soy pequeño).
Puedes tomar una siesta más tarde.
Niños pequeños pueder ser traviezos, y comer comida que no sea
buena (así es como pasan los accidentes).
Tal vez tú quieras dormir tarde, pero es mejor que tomes una siesta por la
tarde. Necesito que me des de comer y que me vistas todas las mañanas.
("Levantándose" es lo que hacen los padres.)

Quisiera que recordaras mis siestas diarias o mi tiempo de tranquilidad

> Es bueno cuando tú me lees cuentos alqunas veces y cuando tocas música suave en el radio o casette.

Los niños se, sienten mejor después de una siesta. ♡

Es mejor tener una siesta acabando de almonzar. Los miños se cansan después de una mañana ocupada. (Es importante para cuerpos en crecimiento el descansar).

Quisiera poder decirte lo felíz que soy de haber sido creado para ser tu hijo.

Aprendéremos bastante el uno del otro,

Me gustaría que fueras comprensivo cuando estoy aprendiendo a usar el baño.

No me presiones, me avergüences o lastimes ni me digas que soy malo. Anímame y elógiame. La mayoría de los niños aprenden con paciencia y amabilidad.

(Muchos niños son entrenados a usar el baño entre los 2 y los 4 años de edad).

♡ Por favor enséñame a lavarme las manos.

Me gustaría que tuvieras paciencia con mi chupón, mi pulgar o mi cobijita.

Seguramente no usaré estas cosas cuando vaya a la universidad. De momento, me hacen sentir seguro.

Por favor no me avergüences cuando las necesito. Se dice que nunca critiques o regañes a un niño por necesitar cosas que lo hacen sentirse bien. Regaño normal generalmente ocurre cuando un niño hace algo que lo puede dañar, dañar a otros, o arruinar o quebrar algo.

Me gustaría que comprendieras que jugar es mi trabajo.

Todo lo que sé sobre el mundo es lo que aprendo de mis juegos. Me gustan mis juguetes y me gusta tocar y saborear las cosas. Si algo es peligroso para mí, por favor ¡pónlo donde NUNCA lo pueda tocar!

Me gustaría que cuando hagas una promesa, siempre la cumplas.

Prometí llevarte al zoológico si guardabas tus juguetes. Muchas gracias – ¡Vámonos!

Si cumples tus promesas, me ayudarás a cumplir mis promesas cuando sea grande.

Quisiera poder jugar y divertirme bastante junto a mi papá (abuetito o tio, etc.)

Los estudios demuestran que los niños necesitan relaciones divertidas y juguetonas con sus padres (o otra figura paternal).

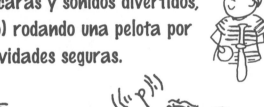

Gateando en el suelo o jugando al escondido, marchando y aplaudiendo, haciendo chiste de los trabajos caseros (recogiendo juguetes, guardando la ropa, etc.) bailando a la música, coloreando juntos, jugando muñecas y carros, divirtiendonos al vestirnos, jugando con juguetes en la bañera...

sosteniendo a un bebé con cuidado en el aire, gateando siguiendo a un bebé, haciendo caras y sonidos divertidos, haciendo cosquillas (no mucho) rodando una pelota por el suelo y otras actividades seguras.

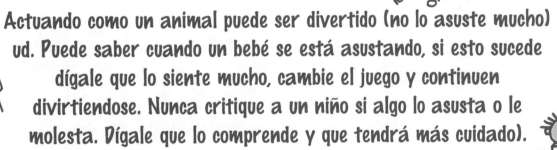

Actuando como un animal puede ser divertido (no lo asuste mucho) ud. Puede saber cuando un bebé se está asustando, si esto sucede dígale que lo siente mucho, cambie el juego y continuen divirtiendose. Nunca critique a un niño si algo lo asusta o le molesta. Dígale que lo comprende y que tendrá más cuidado).

* A los niños les encanta cuando ud. Juega y se divierte con ellos.

* Recuerde no ser regañon y mandón, sea positivo y divertido.

* Cuando niños dan señas de cansancio o lloran, esto dice que han tenido suficiente, lavántelos, abrácelos y digales en voz suave lo mucho que se divirtieron. No se moleste con ellos ní les diga que ya no jugará con ellos. Sea paciente y comprensivo porque "ud es el padre" (Dígale que jugarán mañana).

* Padres que toman tiempo con sus hijos estan desarrollando relaciones que durarán para siempre.

* Si ha habido una separación o divorcio, papás pueden continuar a estar envueltos en los hijos. Si el papá era abusador, entonces necesita hacer arreglos para terapia especial. ¡Nunca haga que un niño tenga que "escoger"!

Me gustaría que recordaras que soy muy curioso y que me puedo perder rápidamente en cualquier lugar.

¡Quédate cerca de mí!

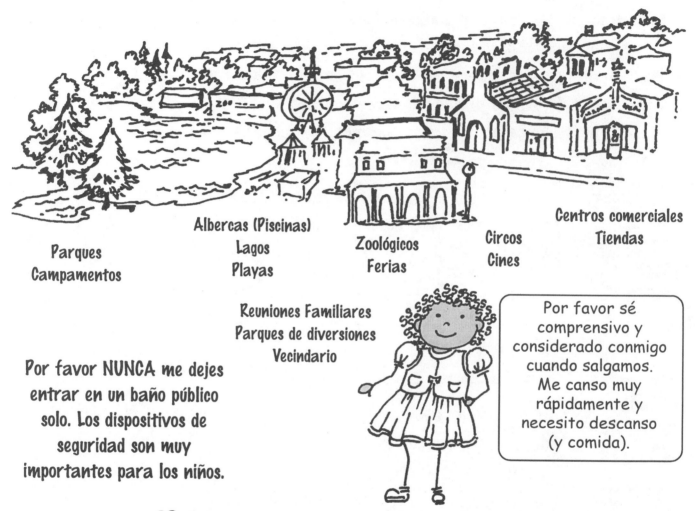

Parques
Campamentos

Albercas (Piscinas)
Lagos
Playas

Zoológicos
Ferias

Circos
Cines

Centros comerciales
Tiendas

Reuniones Familiares
Parques de diversiones
Vecindario

Por favor NUNCA me dejes entrar en un baño público solo. Los dispositivos de seguridad son muy importantes para los niños.

Por favor sé comprensivo y considerado conmigo cuando salgamos. Me canso muy rápidamente y necesito descanso (y comida).

♡ Aparatos de seguridad son muy importante para niños.

Me gustaría que tuvieras una identificación para mí

(para usarla cuando estemos en lugares públicos).

Esta tarjeta puede ser colgada de mi cuello (debajo de la ropa), o puesta en mi bolsillo, etc. por si hay algún problema o emergencia.

52

Me gustaría que me enseñaras lo que crees sobre Dios.

Las personas que tienen fé en que la vida es un regalo y que es algo muy bueno, aparentemente se convierten en adultos positivos con un propósito en la vida.

¿Quién hizo este mundo tan hermoso?

¿Dios nos hizo a tí y a mí? ¿Dónde está Dios?

Algunas de las maneras para aprender acerca de Dios Son:
1. Aprende a rezarle.
2. Confieza tus pecados y busca ayuda para subreponerte de malos hábitos.
3. Lee las escrituras y aprende acerca de hacer buenas decisiones en la vida.
4. Ve a la iglesia, escucha y mira dentro de nuestras experiencias personales.
5. Encuentra diferentes maneras para ayudar y alcanzar a otras personas - deja de ser egocéntrico.
6. Balancea tu vida - trabaja y juega.
7. Conócete a tí mismo - ámate a tí mismo
8 Asóciate con personas que creen en Dios.

Me gustaría que nuestra casa fuera nuestro lugar favorito.

El mejor regalo que le puedes dar a un niño es un hogar lleno de amor.

Compartimos las labores domésticas sin quejarnos.

Manejamos nuestras deudas con cuidado.

Hablamos con amabilidad y educación en la casa.

Somos amables

Me gustaría que me enseñaras a demostrar respeto por Dios y la bondad.

- Ayúdame a comer buenos alimentos, a hacer ejercicio, y a obtener suficiente descanso (y no dejes que nadie me haga cosas malas).

- Enséñame cómo cuidar nuestra casa, nuestras pertenencias, y nuestro automóvil. Enséñame a plantar flores.

- Enséñame sobre el medio ambiente y sobre el reciclaje.

- Enséñame a compartir con mis amigos y familia. Enséñame a ser amable con otras personas.

- Enséñame a tener buenos modales y ayúdame a prestar servicio a otros.

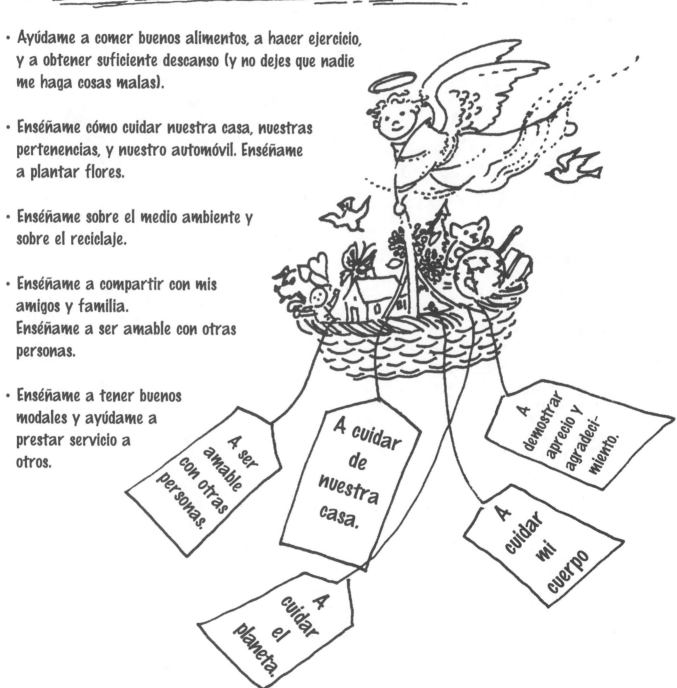

A ser amable con otras personas.

A cuidar de nuestra casa.

A demostrar aprecio y agradecimiento.

A cuidar mi cuerpo

A cuidar el planeta.

IV.
LO QUE
ME GUSTA

A los niños le gusta hacer cosas con ud.
Algunas de las ideas en esta sección
pueden ser nuevas para ud.
Siga adelante y pruébelas
(muy pronto se sentirá a gusto haciéndolas)
¡ Su hijo lo amará por esto!
¡ Disfruten!

Me gustan los baños tibios todas las noches.

Me gusta el cabello limpio...
(por favor, usa champú "sin-lágrimas")

Los baños de burbujas son divertidos de vez en cuando.
Duermo mejor cuando me baño por la noche.

NUNCA me pongas en agua demasiado CALIENTE -
(pon tu codo en el agua para comprobar la temperatura).
*Nunca dejes niños pequeños solos en la bañera.
*Muchas burbujas pueden causar irritación de la piel e infección vaginal.

Me gustan los helados y las golosinas.

Es agradable disfrutar de una golosina de vez en cuando.
No las necesito a diario, pero son ricas en ocasiones especiales.

Me gusta Hannukkah, la Navidad y las Pascuas y el día de Acción de Gracias y el día de San Valentín y el 5 de Mayo y el 4 de Julio y ......

*Se que es trabajo extra y planeamento pero valen la pena.

Celebrar días festivos forja tradiciones familiares.
Las tradiciones familiares ayudan a que las familias sean fuertes.

¡Me gustan los cumpleaños!

No es necesario gastar
mucho dinero para festejar
un cumpleaños.
Tener un pastel me hará
sentir especial.

¿A veces se pregunta
cuantos niños invitar?
1 año - 1 amigo
2 años - 2 amigos
3 años - 3 amigos, etc.

Hay que pensar en los demás.

No nos olvidemos de los
cumpleaños de otras
personas.

Estoy aprendiendo
a pensar en los
demás.

Lista de Cumpleaños/Ocasiones Especiales

Enero		February		March	
Día	Nombre	Día	Nombre	Día	Nombre

April		May		June	
Día	Nombre	Día	Nombre	Día	Nombre

July		August		September	
Día	Nombre	Día	Nombre	Día	Nombre

October		November		December	
Día	Nombre	Día	Nombre	Día	Nombre

Recordar cumpleaños y ocasiones
especiales hace sentir bien a
todo el mundo.
♡ Nuestra lista nos ayuda a
recordar cumpleaños.

Me gusta que intentemos cantar.

No te preocupes si tu voz no es perfecta, a mí me gusta. Gracias por comprar canciones para niños que podemos aprender a cantar juntos.

♡ Poner un cassette con música divertida nos ayuda a ambos:
a la hora de ir a dormir, antes de comer, en el automóvil,
cuando estamos de mal humor, cuando nos visitan, etc.

Me gusta hacer tonterías.

Está bien hacer tonterías cuando uno es pequeño, y a veces también cuando uno es grande. Hace la vida más divertida.

♡ Tú eres mi mejor amigo.

60

Es divertido usar mi imaginación. Seré más creativo si tú me animas.

Conejito brinca, brinca

Pájaro aletea con tus brazos

Perro guau!

Gato miau...

Elefante menea tu trompa

Las escondidas (no te escondas de mí por mucho tiempo)

Encuéntrame

Marchando

Corillo (La Oca)

Me gusta imitar y pretender.

Me gusta jugar contigo.

¡Aprovecha el tiempo conmigo (juegos ridículos, juegos divertidos, leyéndome y escuchándome) demuestra que me amas!

Me gusta la biblioteca.

Hay tantos libros nuevos que podemos llevar a casa porque usamos nuestra tarjeta de la biblioteca.
♡ No olvides devolver nuestros libros a tiempo y en buenas condiciones.

Me gusta que me leas con frecuencia.

Me gusta cuando señalas colores y objetos y me tratas de complacer.
♡ Gracias

Si no puedes leer, no estás solo. Ponte en contacto con la biblioteca local... tienen programas especiales para adultos.

Me gusta que me enseñen a escuchar.

a un pájaro

al viento

los automóviles

un bebé llorando

pasos

música suave

gotitas de lluvia

¿Sabes que si aprendo a escuchar me desempeñaré mejor cuando vaya a la escuela? Juega este juego conmigo: Cuando haya aprenbido a hablar enséñame a repetir cosas que decir.
Esta es una buena manera para aprender a escuchar.
Enséñame "cómo escuchar". Pídeme que me quede quieto y entonces "escuchemos" por sonidos especiales.

Me gustan los fines de semana y los días de fiesta.

Me gustan porque juegas más conmigo y porque no tenemos prisa. Por favor no mires mucha televisión o vayas de compras, o a golfear, o jugando con otros adultos o trabajes todo el dia. Necesito tener momentos divertidos contigo.

Me gustan los animales.

Me divierte visitar parques y zoológicos. Gracias por ayudarme al no dejarme acercar mucho a los animales o al peligro.

¡Me agradan tanto mi Mamá y mi Papá!

Cuando vivimos todos juntos es necesario que seamos amables los unos con los otros. Por favor no me empujes a un lado cuando necesito tus abrazos, o cuando necesito que me mires haciendo algo ridiculo. Tus alagos, paciencia y aceptación mía me hacen sentirme muy importante.

Me agrada que me hables con respeto.

(en especial cuando comprendes que soy un niño pequeño).

Cuando gritas y te pones mandón y me regañas por cualquier cosita, me siento desilusionado y poco importante.

Mi amor - voy a procurar hablarte con gentileza y tomar más tiempo para escucharte.

¡Más que nada, me gustan los ABRAZOTES!

REGLAS DEL ABRAZO

Infancia - 1 año - 1 abrazo cada hora
1 año - 2 años - 1 abrazo cada 1-2 horas
2 años - 3 años - 1 abrazo cada 2-3 horas
3 años - 4 años - 1 abrazo cada 3-4 horas
4 años - 5 años - 1 abrazo cada 4-5 horas
5 años - 6 años - 1 abrazo cada 5-6 horas
6 años - 100 años - al menos un
abrazo al día (o más)

♡ Gracias

V. LO QUE TE AGRADEZCO

Gracias por preparar a mi(s) hermano(s) y hermana(s) para mi llegada a casa.

Por favor, diles que generalmente cuando soy pequeño lo único que hago es dormir, llorar y comer. Pero creceré rápidamente y luego podremos jugar.

*A pesar de que los bebitos toman bastante de tu tiempo, no te olvides de los niños mayores. Estos niños talvéz rechasarán tus abrazos y complementos pero demuéstrales atención con adulos, enseñando apreciación, animandolos y demostrando interés y preocupación diaria. Diviértete con ellos, te amararán siempre.

Gracias por enseñarles a todos lo especial que es tener un nuevo bebé.

Es agradable tener un hermano "mayor" que esté orgulloso de mí.

Gracias por comprender la importancia de tomarte tiempo para atenderme.

Abrazos a la hora de dormir.

Dar una vuelta en el carro

Ver la puesta del sol

Leer juntos

Tienda de Helados

Hablar

Un paseo

Aprendo más viéndote y compartiendo contigo. Me gusta tu compañía.

1. ¿Qué aprendiste hoy?
2. ¿Pasó algo divertido?
3. Háblame sobre ello.
4. ¿Viste algún animal?
5. ¿Cómo estaba el tiempo?

Gracias por escucharme.

Me gusta que hablemos de nuestro día, nuestra familia, nuestras amistades. Hazme preguntas que me hagan pensar.

Algunas veces solamente necesito unos pocos minutos de tu tiempo para que me escuches. Gracias por demostrar respeto por lo que estoy tratando de decirte. Esto es muy importante para mi. Cuando me escuchas me siento importante y esto me ayuda con mi amor propio.

Gracias por buscar temas que me ayudan a hablar de muchas cosas.

Los niños que aprenden a expresar ideas y a pensar se desempeñan mejor en la escuela. Por favor, escúchame y anímame a expresarme.
♡ Gracias.

Gracias por cocinar alimentos saludables que ayuden a que mi cuerpo crezca fuerte.

Las frutas frescas y los vegetales son mejores golosinas que los alimentos azucarados o con mucha grasa.

Siempre nos lavamos las manos antes de cocinar.

*Sugerencia: Cuando este limpiando se recomienda que limpie la cocina y toda superficie con un desinfectante que mate bacterias.

Es bueno que todos comamos bien y estemos bien.

Gracias por peinarme.

Algunos niños tienen *'cabezas delicadas'* y hay que tener paciencia con ellos al peinarlos. A veces un acondicionador puede ayudar. A lo mejor puedes cortarme el cabello para que sea más fácil peinarlo y cepillarlo.

Gracias por lavarme la cara.

Cuando estoy limpio y bien aseado, me siento bien conmigo mismo. Estar limpio evita enfermedades.

Gracias por llevarme al médico y al dentista para que me revisen.

Por favor aprende como hacer la Maniobra de Heimilich.
Puede salvar vidas.
(Consulta con un médico o una enfermera pronto).

1. Vemos al médico regularmente para que me revise.
2. Vemos al médico cuando nos enfermamos o nos lastimamos.
3. Cuando vemos al médico debemos hacerle preguntas para aprender.

Estoy aprendiendo a cepillarme los dientes.

Enséñame a cepillarme y a usar el hilo dental (mañanas y noches) tan pronto como me salgan los dientes.
♡ Por favor, llévame a un dentista para niños cuando tenga más o menos tres años, así podemos evitar daños a mi dentadura.

Gracias por permitirme "hacerlo yo solo" cuando puedo.

¡Gracias por comprender que necesito que me enseñes cómo usar mi lista!

Permíteme que haga decisiones ¡Si puedo amarrarme los zapatos a los 5 anos, ¡déjame! Déjame "escojer" la ropa que quiera usar, los calcetines que quiera ponerme, los listones para usar en mi pelo, qué comida saludable comer (déjame escoger entre dos cosas) escogeré una de las dos. Esto me hace sentirme especial.

♡ Toma un poco más de paciencía y tiempo, pero estoy aprendiendo a ser responsable. Sigue animándome.

Gracias por permitirme ser yo mismo. Gracias por no compararme con otros niños.

- Si soy callado y prefiero jugar solo – está bien – asi soy yo.

Somos especiales en nuestra propia manera.

- Si me gusta ser lider y hacer decisiones – está bien – me gusta estar en cargo.

- Si necesito amigos y me gusta hablar, platicar y reirme – está bien – me gusta tener amigos y ayudar a otros.

Si estoy contento con mi tipo de personalidad – está bien. Pero si estoy callado porque estoy deprimido o agresivo porque estoy molesto o enojado, por favor chequéame y buscame ayuda si la necesito.

Gracias por permitirme escribir cartas y colorear, dibujar y escribir tarjetas de agradecimiento.

Cuando alguien me manda una carta, dinero, o cualquier clase de regalo, enséñame a siempre dar las "Gracias" (una tarjeta está bien). Cuando no doy las gracias, la gente piensa que soy grosero y que tengo malos modales.

Gracias por enseñarme a recordar los cumpleaños y ocasiones especiales de aquellos a quienes quiero.

Podemos enviar una tarjeta o hacer un pequeño regalo.

Gracias por enseñarme a compartir.

A veces me cuesta trabajo aprender, sé paciente conmigo.
Sé un buen ejemplo compartiendo también con otras personas.

*Ayuda a los niños a tener un área designada para la merienda (un estante, gabeta o algo) donde se pongan las gologinas saludables y esten disponibles cuando las pidan. Cuando los niños las pidan, mándalos al "area de merienda" y ellos pueden escoger.

*Las golosinas no reemplazan el desayuno, almuerzo o cena. Las golosinas son buenas entre comidas.

Gracias por enseñarme a respetar nuestras cosas y la propiedad de otras personas.

¡No quiero crecer pensando que está bien escribir en las cosas (graffiti) o romper cosas a propósito o hacer desórden o cosas destructivas! ¡POR FAVOR ENSÉÑAME!

¡Gracias por prepararte y enseñarme cómo cuidar a nuestras mascotas!

¡Estoy aprendiendo a cuidar de mis mascotas!

Bañar y asear, alimentar, dar de beber y limpiar lo que nuestras mascotas hagan, me ayudará a aprender a amar y cuidar a los seres vivos. En ocasiones las mascotas pueden ser caras: cuidados, comida y otros materiales. Por favor no permitas que una mascota sea una carga para nuestra familia o que interfiera con nuestras necesidades.

*Adoptemos una mascota cuando la familia este lista para una.

Gracias por enseñarme el tema del dinero.

Necesito aprender que el dinero no crece en los árboles y que la gente tiene que trabajar muy duro para ganarlo.

Gracias por tener cuidado con nuestro dinero.

Sólo compramos lo que necesitamos y decidimos cuidadosamente nuestras compras. Usa las tarjetas de crédito con precaución e intenta guardar algo de dinero en una cuenta de ahorros.

*Cuando cresca, si me das todo lo que quiero (sin trabajar por el) muy pronto no apreciaré lo que tengo. Trabajando para obtener algo que quiero comprar, me enseñará el valor de las cosas.

Gracias por enseñarme cómo comportarme en tiendas y otros lugares públicos.

Sugerencias:

1. Asegúrate de que he descansado y de que he comido.
2. Lleva bocadillos contigo.
3. Nunca me permitas correr, tocar las cosas o hacer mucho ruido.

♡ No me dejes en el departamento de juguetes mientras tú compras. esto es malo. Los niños no estan supuestos da jugar con los juguetes nuevos que una tienda quiere vender. También los niños deben permanecer con sus padres todo el tiempo. Es una negligencia y peligroso el dejar solos a los niños.

♡ <u>No</u> habras paquetes de comida, dulce o chicle antes de pagar por ellos. Esto no es buen ejemplo para niños.

Gracias por no llevarme a ciertos lugares públicos hasta que haya crecido lo suficiente.

Gracias por tener consideración con la familia cuando vas a alguna parte.

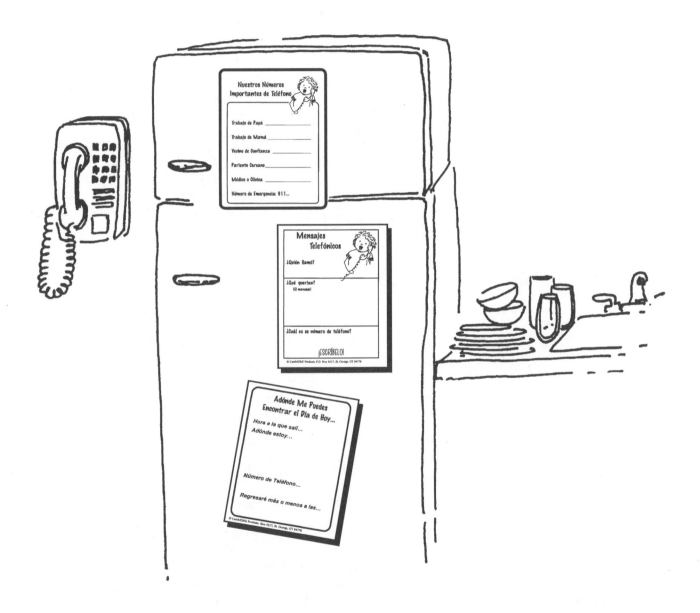

Saber dónde está cada uno y tener los números telefónicos importantes a mano hace que todos nos sintamos más seguros.

Gracias por enseñarme a no ir a ningún lado a menos que tú me des permiso.

♡ Enséñame a no mirar o hablar con extraños BAJO NINGUNA CIRCUNSTANCIA. Enséñame a GRITAR ¡NO! a correr y a que le diga a alguien rápidamente (familia).

Oye, niño - ¿quieres unos dulces y que te lleve a tu casa?

¡Me han enseñado a que siempre juegue donde pueda ver a mi Mamá!

Enséñame mi código de area __ __ __
y número de teléfono __ __ __ - __ __ __ __

Por favor enséñame a través de preguntas.
Hay muchas maneras en que algunas personas pueden intentar convencerme de que vaya con ellas.

EJEMPLOS

* Oye niño, ¿me puedes ayudar a encontrar a mi perro?
* ¿Sabes dónde está el lugar que vende hamburguesas (tacos, tortas)?
* Ven conmigo. Tu Mamá está enferma y me mandó a recogerte.

¿Cómo estoy contestando estas preguntas?

¡Continúa enseñándome!

¡Enséñame a que siempre le cuente a alguien y a alejarme de automóviles extraños y de personas que me hacen sentir confusión y preocupación!

RECUERDA, NUNCA PERMITAS QUE ME PIERDA DE TU VISTA.

Necesitas vigilarme porque soy pequeño.
♡ Gracias

Gracias por llevarme a la guardería y a otros lugares.

♡ Por favor háblame cuando vamos en el automóvil y señala las cosas interesantes en el camino.

Maneja cuidadosamente y por favor acuérdate de abrochar los cinturones de seguridad y los asientos para niños.

*Sugerencia: Ten golosinas, juguetes pequeños, formula de bebé, pañales y toallas húmedas en el carro.

Gracias por ser listo. Padres listos planean de ante mano y saben como cuidar de los carros lo cuál ahorra dinero y tensión.

*Compra gasolina cuando el carro no tenga menos de ¼ tanque (no riesques quedarte sin gas).

*Cambia el aceite y el filtro cada 3,000 millas (el carro tendrá menos reparos).

*Familiarísate con los fluidos de transmisión, aceites y cuando necesitan cambiarse.

*Que giren las llantas del carro (si no estas segura "pregunta" a un experto).

*Lava el carro una vez por semana (un carro limpio nos hace sentir bien) pasa la aspiradora también.

*No permitas comidas o bebidas en el carro. Limpiarlos puede crear un problema y agregar tensión.

*Enséñame a respetar nuestro carro y nuestra casa. (Podemos comer nuestra comida en un restaurante o en la casa).

Gracias por conseguir ayuda para mí o para tí si tenemos algún impedimento físico.

Por favor, usa los servicios de apoyo y del gobierno que nos puedan ayudar

(pregunta al médico, en la Clínica, o en el Departamento de Salud).

Se que mis limitaciones son trabajo extra, pero estoy contento que uds son mis padres. A medida que pase el tiempo ambos haremos lo mejor.

Gracias por su aliento y confianza.

Los necesito...

♡ Recuerda y toma un descanso a menudo. Yo estaré bien con un amigo o pariente de confianza.

Gracias por su paciencia.

Ceguera u otros problemas de los ojos	Limitaciones Físicas

Desórdenes emocionales y/o de aprendizaje	Retraso o impedimento mental	Sordera o dificultad para oir

Gracias por decir "Perdóname" cuando estás en un error.

Todos cometemos errores. Esto me ayudará a entender cómo pedir disculpas cuando yo cometa una equivocación.

Algunos adultos necesitan practicar diciendo "Lo Siento"... (Cuanto más lo hagas se hace más facil decirlo. Esto ayuda a remendar sentimentos heridos y desarrolla respecto).

Perdóname por...

Gracias por no señalarme con nombres malos.

Estas palabras deben decirse con frecuencia.

amable

inteligente

sensible

dulce   útil

generoso   ángel

Estas palabras nunca deben decirse.

mocoso

flojo

tonto

malo

egoísta

lento   estúpido

Nadie es perfecto pero necesitamos que nos digan todo lo positivo que tenemos, y por favor dame complementos a menudo.

Gracias por comprender que necesito ir a pre escolar y al jardín de infantes, "Head-Start", etc.

(hasta un par de días a la semana me prepararán)

A veces antes de ir al jardín de infantes necesito aprender de otros y prepararme para la escuela de verdad.

*ADVERTENCÍA

Algunas veces otros niños (o yo) hacemos cosas malas (empujamos a otros). Esto puede pasar a travez de los años escolares hasta la secundaria. Por favor enséñame a decirte a ti, al maestro y decirles a mis amigos cuando alguién está diciéndome o siendo malo conmigo. Observa mi comportamiento y si es agresivo ayúdame y no me dejes maltratar a otros.

Gracias por todas las cosas buenas que haces por mí.

Me gusta irme a la cama más o menos a la misma hora todas las noches. Me encanta escuchar sonidos de una casa feliz cuando me duermo. Las rutinas y los límites me hacen sentir seguro. Una pequeña luz de noche (y un cuento o dulces abrazos) son gran ayuda. También puedo tener miedo a pesadillas, y si tengo una pesadilla, por favor habla conmigo y ayúdame a comprender que no es real.

 Gracias

Gracias por leer este libro especial. Nos entenderemos mejor el uno al otro y sabremos que hay respuestas a muchas cosas.

♡ Somos muy afortunados porque nos tenemos los unos a los otros.

VI.
AYÚDAME

Esta sección es para enseñarme
a cómo obedecer los reglas
dentro y fuera de la casa.

Ayúdame
porque soy pequeño.

Necesito "aprender" cómo controlarme, "aprender" que mis decisiones tienen consequencias y "aprender" las reglas de nuestra casa, la escuela y la comunidad.
Tú eres mi maestro y mi ejemplo.

Ayúdame poniéndome límites.

- Hora de ir a la cama
- Tiempo para jugar
- Tiempo para ver la tele
- Tiempo en mi cuarto,

penitencia, (cuando me porto mal)

Que me fijen límites me ayuda a tomar control de mí mismo
(No tengo la madurez o habilidad de hacerlo por mí mismo - te necesito).

MIS LIMITES
(Me hacen sentir seguro)

HORA DEL BAÑO
Fija una hora ....

HORA DE IR A LA CAMA
Fija una hora ....

BERRINCHES ....

(llorar, gritar, decir que NO)   Llévame a otro sitio y dime con firmeza que puedo regresar cuando esté bajo control.

INTERRUMPIR CONVERSACIONES ....

No es mi intención interrumpir pero enséñame a ser paciente mientras terminas de hablar (no tardes mucho).

Ayúdame no tolerando demasiado mi mal humor ni mis berrinches.

Estoy aprendiendo que las cosas no siempre pueden ser como YO quiero. *Recuerda, mis pequeños sentimientos son importante. Háblame calmadamente acerca de mi corage o tristeza para que pueda entender como manejar mis sentimientos.

Este hábito puede empeorar con los años (Obtener muchas cosas por medio de malos modos y berrinches puede llevar a una personalidad egoísta).

Ayúdame a no morder, pellizcar o pegar a otras personas.

Cuando oigas llanto o gritos, por favor no reacciones gritando, jalando o pegando > por favos has preguntas, escucha y enseña.

Lo que tú esperas de mi - se hace "real" para mi.
- ¿Esperas que comparta o que sea rufián?
- ¿Esperas que sea malo o que sea una buena persona?
- ¿Esperas que sea mandón o que sea educado?
- ¿Esperas que te ignore (y las reglas) o que escuche y preste atención.

Está mal lastimar a personas o animales.

Ayúdame fijando reglas que estén de acuerdo con mi edad y habilidades.

Si intento hacer cosas antes de estar preparado puedo confundirme y frustarme. Estos sentimientos pueden conducir a enojo e infelicidad. Por favor no esperes mucho de mi, pero permíteme hacer las cosas que me siento confortable haciendo.

*Si tengo dos años, no esperes que haga las cosas que uno de cinco pueda hacer. Si tengo cinco años, no me compares con los de siete años. Se razonable y comprensivo.

Ayúdame. No me ignores cuando me comporto mal en público.

Si me ignoras (especialmente en público) me estás dando permiso para seguir desobedeciéndote (y me pondré peor). NECESITO QUE TÚ fijes límites. (Retírame de lugares públicos si es necesario).

Pero en la casa, ignora mi mal comportamiento y retírate, de manera que no obtenga tu atención (inclusive atención negativa). Pronto aprenderé que ciertos comportamientos no me ayudarán a obtener lo que quiero. Presta atención si tengo hambre, estoy cansado me estoy enfermando, tengo miedo, etc. Si ese es el caso - házte cargo de mí.

Ayúdame siendo consistente.

1. Ser consistente quiere decir planear con anticipación (haz un plan de las reglas para nuestra casa).

2. Ser consistente quiere decir que mantengas el plan (las reglas) lo mejor que puedas.

3. Ser consistente quiere decir no cambiar el plan (las reglas) de un día a otro.

4. Ser consistente quiere decir mantener el plan (las reglas) dentro y fuera de la casa.

   (Los niños a veces nos ponen más a prueba en lugares públicos, pero tenemos que ser justos y firmes).

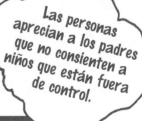

Las personas aprecian a los padres que no consienten a niños que están fuera de control.

- Toma tiempo para permitir que tu hijo hable acerca de sus sentimientos. Averigua si le ha pasado algo o si le molesta algo. (Quiza ellos estan resistiendo las reglas porque necesitan hablarte y necesitan ser consolados y asegurados.) ESCUCHA CUIDADOSAMENTE.
- Si ellos dicen que no les gustan las reglas, simplemente diles que cuando tú eras niño no te gustaban las reglas, pero que esas son las reglas.
- Mientras los niños estan aprendiendo las reglas, ellos DEBEN sentir tu amor y apoyo. ESCUCHA LO QUE ELLOS SIENTEN (no sólo a lo que dicen). Siendo un padre comprensivo crea familias fuertes.

Ayúdame a respetar a otros cuando estoy en un automóvil.

No es seguro para un conductor tener niños peleando y/o gritando dentro de un automóvil. **¡DETÉN EL CARRO si es necesario!**
(Ten algunos libros, juguetes pequeños y golosinas en el automóvil). ♡ Gracias

Los experimentos con bolsas de aire en los carros demuestran que es mejor asegurar a los niños en el asiento de atrás.
Los bolsas de aire activadas pueden dañar a niños pequeños.

Ayúdame a resolver conflictos de manera pacífica.

Necesito aprender cómo llevarme bien con las personas de nuestra casa para saber cómo comportarme con mis amigos.

Cuando los niños se portan mal, es mejor darles un tiempo de penitencía a cada uno hasta que decidan que estan listos a portarse bien. Algunas veces tu niño esta cansado o le quiere dar catarro y se sienten irritados, si es así, respeta el tiempo sólo que ellos quieren y haz que los otros niños mantengan su distancía por un rato (esto ayuda a todos).

*Ayúdame a discutir maneras en que puedo resolver mis problemas:
En lugar de arrebatar el juguete podría _____
En lugar de gritar podría _____
En lugar de golpear podría _____
En lugar de ser mandón podría _____
Cuando aprenda a resolver problemas (encontrar soluciones), seré menos problema.
*Asegúrate que mis soluciones son seguras y harán que la otra persona se sienta bien y yo también.

Ayúdame a devolver todo lo que agarre (y que no me pertenece).

Me estan enseñando a no abrir cosas o comer comida hasta que no este pagado.

Ayúdame a respetar todas las cosas...

La mayoría de la personas trabajan muy duro para tener buenas casas, edificios de oficinas, escuelas y barrios. No tengo ninguna razón para hacer cosas malas a la propiedad de otros. ESTÁ MAL. Si hago daño a la propiedad ajena, por favor enséname a encontrar la manera de arreglarlo. (Ejemplo: que vaya adonde la persona y admita mi error, hacer trabajos en la casa para ganar dinero y pagar por el daño, etc.)

♡ Gracias por ensenarme a ser una persona honesta y responsable.

Ayúdame siendo firme, justo y amigable.

Ésto me da la sensación de protección y seguridad. Gracias por fijar límites.

¡Quiero salir y volver a jugar!

No, ya tuviste tu rato de juego. Tal vez podamos ir al parque después de tu siesta.

Ayúdame vigilándome PERO... déjame explorar.

Es importante salir y disfrutar de la naturaleza. Aprendamos sobre los insectos y las mariposas y los pájaros y las plantas y los árboles y...

Los niños tienen piel delicada. Asegúrate de que tengan crema protectora de sol cuando los saques de casa. (Consulta con tu médico).

Ayúdame observando a otros padres exitosos:

(ten la voluntad de cambiar...)
Puedes aprender de otros.

Hablar amablemente, no mandoneando

No sobreproteger ni ser muy estricto

Sentido del humor... disfruta de los niños

Relajado...pero responsable

Diviértete de vez en cuando...
encuentra a alguien de confianza para cuidarme.

*Encuentra un grupo de soporte para familias. Conociendo otros padres y aprendiendo nuevas ideas no es solamente divertido, pero puede ser un salvavidas...
Esta es una buena manera de descubrir tu hijo y apreciar su personalidad y atributos.

Ayúdame enseñándome modales para comer en la mesa.

Cuando soy joven puedo aprender a comer cuidadosamente si cortas mi comida en pedacitos. Necesito que me ayudes. Por favor no te enojes si derramo algo—hago todo lo que puedo.

Sugerencia:
- Dáme un vaso plástico.
- Llena 1/3 del vaso (siempre).
- Usa un-vaso que tenga tapadera
- Ten cuidado cuando uses vidrio. Pueden pasas accidentes serios y perjudicar a un niño.

Recuerda - todos tienen accidentes. <u>Por favor</u> sé comprensivo.

Ayúdame siendo comprensivo cuando ocurre un accidente.

...La mayoría de las cosas son accidentes (ten paciencia, por favor)

...Pero cuando hago las cosas a propósito (y hacen daño) necesito que seas más firme para poder aprender a respetar la propiedad ajena.

♡ Por favor sé un padre consistente, siguiendo las reglas caseras. Repite las reglas y usa tiempo en penitencia cuando sea necesario.

Ayúdame felicitándome cuando hago bien las cosas.

¡Gracias por ayudarme! ¡Hiciste un buen trabajo!

Juguetes

Si me dices cosas buenas, voy a querer continuar haciendo cosas buenas.

Ayúdame siendo cariñoso y cuidándome, PERO...

A veces las limitaciones físicas, problemas de salud, divorcio, etc. pueden ser un pretexto para portarme mal. Cuando sientes lastima por mi y me permites malos comportamientos repetidamente (estudia este capítulo), puedo desarrollar una imagen pobre de mí mismo.
Por favor sé comprensivo, amable y considerado cuando me enseñes.

Ayúdame recordándome que TU eres mi padre o madre.

Mi abuelita, mi abuelito, mis parientes, la niñera me agradan... PERO TU eres mi padre o madre y TU eres responsable por mí.

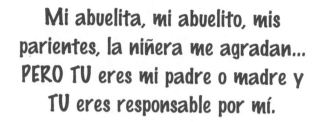

Ayúdame a jugar en lugares SEGUROS.

'Seguro' significa que un padre o adulto siempre puede verme y saber dónde estoy todo el tiempo.

Ayúdame no siendo demasiado permisivo

(¡no me dejes hacer cosas que no debo hacer!)

Al Rincón Para Relajarme

NO DEBO...

1. lastimar a personas ni animales.
2. destruir la propiedad ajena.
3. meterme en asuntos de otros.
4. gritar, chillar y correr dentro de casas o tiendas.

Estoy aprendiendo a seguir las reglas.

Ponga al niño donde lo pueda ver. Déjele saber que le está dando tiempo para pensar. De uno a cinco minutos es un tiempo bastante largo para un niño. Mira el reloj para que no te olvides de ir a buscar a tu hijo y hablar con él.

No se den por vencidos por mi mal comportamiento. Ustedes son mis padres y necesito que sean firmes y consistentes. Cuando "hablemos acerca de algo", por favor escúchame cuando te hablo de mis sentimientos. (No hables solamente "tú".)

Aprenderé más si yo puedo decirte COMO; "Puedo controlarme la siguiente vez", o "En lugar de gritar hablaré razonablemente", etc. Toma por lo menos 3 minutos o más (si es necesario) para hablar conmigo y decirme como puede mejorar mi comportamiento y después dame complementos de como estoy haciendo mejores decisiones. Cuanto más tiempo tomes para escucharme y ayudarme, menos tiempo estaré yo fuera de control.

*NUNCA encierres a un niño en un armario como castigo.

Ayúdame manteniendo y respetando las reglas y limitándote tu mismo.

Tú eres mi mejor ejemplo. Siempre te estoy observando porque cuando crezca quiero ser como tú.
♡ Gracias

Lo que deben hacer Papá y Mámá

Casa Ordenada ✓

Hábitos Saludables ✓

Ejercicio ✓

Obedecer las Leyes de Tránsito ✓

Honestidad ✓

Amabilidad ✓

P.D.
Tú también puedes cometer errores o tener un mal día de vez en cuando. Te quiero y te perdono. No te desanimes. Se requiere mucha práctica para ser padres.

VII. CAMBIOS Y COSAS DIFÍCILES

A. Emergencias y Desastres
B. Enfermedades y Accidentes
C. Divorcio y Separación
D. Noviazgo y Nuevas Relaciones
E. Abuso
F. Retos Personales

Queridos Mamá y Papá:
Cuando tienen que hacer algo nuevo,
¿Se sienten NERVIOSOS o con TEMOR?

¡Yo también!

Mis Cosas

Tazas Ropa

Platos

El poner todo en
cajas me preocupa.

Si tenemos que mudarnos, me sentiría mucho mejor si pusieras mis
cosas en una caja especial para que yo pueda ver que están seguras
(juguete, cobija, libro, un cambio de ropa, golosinas).
¡Necesito que me digas que todo va a estar bien!
♡ Gracias

A. En ocasiones hay
EMERGENCIAS y DESASTRES

Queridos Mamá y Papá:
Las inundaciones, terremotos, etc. y otros
problemas suceden todo el tiempo.

Tenemos que estar
preparados y tener un
paquete para emergencias
que dure 72 horas para
cada miembro de nuestra
familia.
♡ Gracias

Cuando sucede una emergencia - prepárate por favor.

1. Aprende como cortar el gas, la electricidad y el agua
   (ésto puede ayudar a salvar nuestra casa)

2. Mantén una caja en algún lado de la casa que tenga artículos de
   emergencia que nos puedan ayudar por lo menos 72 horas.
   Sugerencias:
   · Linterna
   · Zapatos, ropa extra
   · Agua, jugos, líquidos
   · Comida: barras de "granola," galletas saladas, galletas, sobres de sopa,
     chocolate en polvo, bebidas de frutas en polvo, comida para bebé, etc.
   · Papel higiénico o pañuelos de papel, pañales
   · Artículos de primeros auxilios: vendajes, curitas y ungüento antibiótico,
     crema protectora contra el sol, medicinas recetadas
   · Pasta y cepillos de dientes, barra de jabón
   · Cobija y toalla
   * Un juguete favorito, libro de colorear y lápices de colores, papel, lápiz

3. Nota: Los dulces ayudan a reducir la tensión - tienen efecto de calmante temporal.

4. Incluye cosas adicionales de acuerdo a nuestras necesidades familiares.

FUEGO y QUEMADURAS

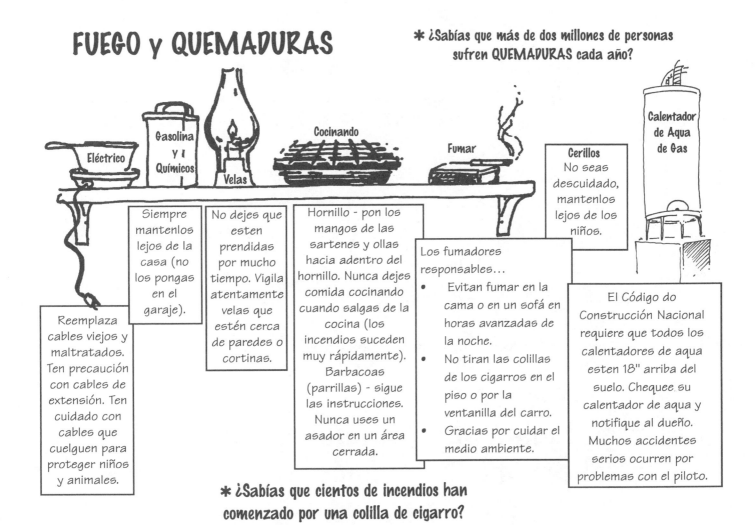

✱ ¿Sabías que más de dos millones de personas sufren QUEMADURAS cada año?

Eléctrico

Gasolina y Químicos

Velas

Cocinando

Fumar

Cerillos
No seas descuidado, mantenlos lejos de los niños.

Calentador de Agua de Gas

Siempre mantenlos lejos de la casa (no los pongas en el garaje).

No dejes que esten prendidas por mucho tiempo. Vigila atentamente velas que estén cerca de paredes o cortinas.

Hornillo - pon los mangos de las sartenes y ollas hacia adentro del hornillo. Nunca dejes comida cocinando cuando salgas de la cocina (los incendios suceden muy rápidamente). Barbacoas (parrillas) - sigue las instrucciones. Nunca uses un asador en un área cerrada.

Reemplaza cables viejos y maltratados. Ten precaución con cables de extensión. Ten cuidado con cables que cuelguen para proteger niños y animales.

Los fumadores responsables...
- Evitan fumar en la cama o en un sofá en horas avanzadas de la noche.
- No tiran las colillas de los cigarros en el piso o por la ventanilla del carro.
- Gracias por cuidar el medio ambiente.

El Código do Construcción Nacional requiere que todos los calentadores de aqua esten 18" arriba del suelo. Chequee su calentador de aqua y notifique al dueño. Muchos accidentes serios ocurren por problemas con el piloto.

✱ ¿Sabías que cientos de incendios han comenzado por una colilla de cigarro?

PREVENCIÓN y TRATAMIENTO

✓ Detectores de humo para la casa.
✓ Extinguidor de fuego para la cocina.
✓ Plan familiar de escape en caso de incendio (¡practica!)
✓ Enseña el plan a la niñera.

Detector de humo

Plan familiar de escape en caso de incendio
1.
2.
3.

Extinguidor de Fuego

1. **Quemadura pequeña:** Usa agua fría inmediatamente (no uses hielo).
   Cubre con una venda, no explotes las ampollas, déjalas sanar.

2. **Quemadura seria:** Usa agua fría y llama a un médico o vé a una sala de urgencias.

3. **Quemaduras "con fuego":** ¡Apaga el fuego rápidamente!
   NUNCA corras. Rueda en el piso o cúbrete con algo para detener las llamas. Rocía agua fría en las partes quemadas y vé a un hospital o ¡llama a una ambulancia (911)!

Cuando alguien se quema uno siempre se alarma.
Debes intentar mantener la calma porque debes enfriar la piel o apagar el fuego.

Recuerda revisar los Detectores de Humo y Extinguidores de Fuego anualmente (Día del Trabajo, etc.)

B. A veces hay ACCIDENTES y ENFERMEDADES

Chequeame a menudo gente enferma o herida necesita atención extra.

Algunas veces la comida no sabe bien, asi que, jugos, pudines, paletas, ciertos cereales, sopas y otras comidas que no son muy condimentadas serán aprecadas.
♡ Gracias

Cuando alguien que yo quiero tiene que ir al hospital por mucho tiempo, necesito saber lo que está pasando.
(Sólo dime lo básico)

No entiendo lo que es una enfermedad, pero me sentiré mejor si me hablas y me explicas las cosas. No tienes que decirme todos los detalles, porque soy muy pequeño para entender y me preocuparé mucho. Solamente díme lo básico y dime que todo (estará bien"...

Hay muchos tipos de heridas y enfermedades (o muerte).

Cuando hay	Por favor dime
1. Una herida pequeña (dolor de oídos, pequeña cortada, etc.)	"Pronto se pondrá bien. Déja que te ayude a sentir mejor." (gotas de oido, ungüento para raspados, etc.)
2. Herida grande (hueso roto, gripe, sarpullido grave)	"Veremos al médico y te ayudará a curarte." (Hable con el niño camino al doctor. Asegúrele que el doctor sabe que hacer y que todo estará bien muy pronto.)
3. Enfermedad seria o accidente	"Algunas veces las personas se ponen muy malitas y tienen que ir al hospital por algún tiempo. La mayoría de las personas se curan y están contentas de regresar a casa."
4. Muerte	"Comprendo tus sentimientos, yo también estoy triste." (No excluyas al niño, quédate cerca, abrázalo frecuentemente y escúchalo).

Soy pequeño y no comprendo la muerte ni los funerales.

Si escoges llevarme al funeral, por favor prepárame.

1. Generalmente hay mucho silencio y calma (depende de la cultura).

2. Algunas personas estarán muy tristes y algunas pueden estar llorando.

3. Algunas veces el ataúd está abierto y se puede ver al difunto.

4. Algunas personas le dan un beso de adiós al difunto, por favor no me hagas hacer ésto a la fuerza. (Pregúntame si quiero hacerlo).

5. Todo ésto es muy confuso y molesto para mí.

♡ Por favor se comprensivo y mantente cerca de mí.

C. En ocasiones hay
DIVORCIO o SEPARACIÓN

> Traten de hacer todo lo possible por NO divorciarse.
> - Sean honestos el uno con el otro.
> - Sean considerados y respetuosos mutuomente.
> - Manegen el dinero sabamente (discutan asuntos de dinero).
> - Eviten el uso de drogas y alcohol.
> - Demuestra integridad controlando tus pensamientos y acciones.
> - Nunca coquetees o seas infiél con otra persona.
> - Cuando pienses que estas atraido a otra persona – piensa en las cosas buenas de tu esposo o esposa (una y otra vez).
> - No digas cosas negatives de tu compañero a otras personas.
> - Aprende lo que es realmente al amor.
> - Para el acusamiento mutuo y busca ayuda.
> - Cuanto más tiempo esten casados, el amor crecerá más fuerte (sí ambos esposos están sinceramente tratando).

Queridos Mamá y Papá, No importa lo que haya pasado, yo soy muy pequeño.

NO ENTIENDO por qué ustedes ya no se llevan bien.
¡Yo todavía los quiero a **AMBOS**!

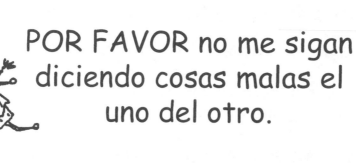

POR FAVOR no me sigan diciendo cosas malas el uno del otro.

No importa que yo sea mayor,
NUNCA quiero que digan cosas malas el uno del otro.

Por el divorcio y los cambios, a veces me siento...

A veces te veo...

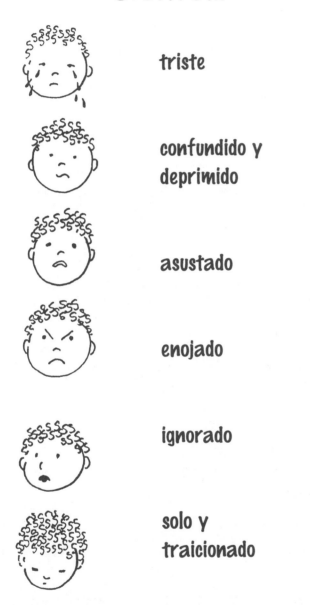

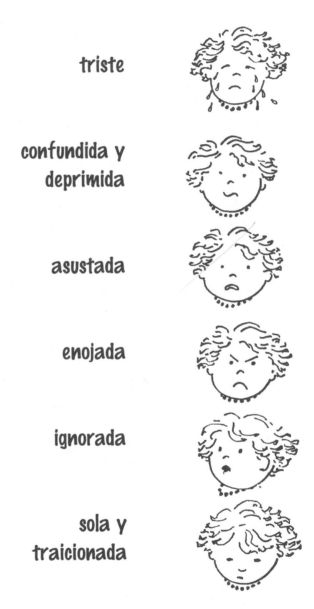

triste	triste
confundido y deprimido	confundida y deprimida
asustado	asustada
enojado	enojada
ignorado	ignorada
solo y traicionado	sola y traicionada

No me siento a gusto con toda esta gente y lugares nuevos en mi vida.

Me doy cuenta de que ésto debe ser muy duro para tí. Tú también te comportas de manera distinta.

RECUERDA, yo siento lo que tu sientes...

Me doy cuenta de que a veces estás ENOJADO.

Me gusta que nos dijeran que fueramos a un consejero matrimonial. Todos necesitamos comprender como continuar siendo una familia y adaptarnos a los muchos cambios.

Mamí y papí, por favor traten de sobreponerse de su enojo mutuo.

Esta es una manera en que ud, pueden ayudarnos a curarnos, de este color.

Me doy cuenta de que a veces quieres VENGARTE.

Pero no te va hacer ningún bien.
Todo el mundo tiene que resolver las cosas.
<u>Por favor</u>, olvida.

Estoy olvidando

EL PASADO

Estoy olvidando

Atiendan una conferencia para divorcios
- Aprende por lo que pasan los niños de divorcios.
- Aprende que pasa con los niños de divorcio cuando los padres se critican mutuamente.
- Aprende acerca de labado de cabezas y el daño que causa.
- Aprende como ser padrasto y el daño que causa criticar al otro padre.
- Aprendar como trabajar juntos para hacer lo mejor por los miños.
- No seas egoista.

Sé que tienes muchas necesidades.

Soledad

Querer a alguien a quien uno le importe

Querer a alguien que ayude

Necesidad de entendimiento

Necesidad de dinero suficiente, etc.

?   ?   ?   ?   ?

Precaución: A la mayoría de las personas les toma de dos a cuatro años adaptarse al divorcio.

Parece que estamos pasando por muchas de la mismas cosas.

Centro Familiar

Pero soy pequeño y necesito tu ayuda para encontrar las respuestas.

¡¡TODAVÍA LOS QUIERO A "AMBOS"!!

Sigue **QUERIÉNDOME** para que yo no sienta que me vas a dejar a mí también. Siempre dime que nunca me dejarás y que siempre regresarás cuando vayas al trabajo (o otro lugar). Necesitaré que me lo asegures por muchos meses.

POR FAVOR RECUERDA que quiero mucho a mis abuelitas y abuelitos.

Quiero que sean parte de mi vida, por favor no hagas que se alejen porque estás enojado con ellos. Eso hace que me duela mi corazoncito. Ellos son especial para mi. Por favor enséñales a no decir cosas malas de ninguno de uds.

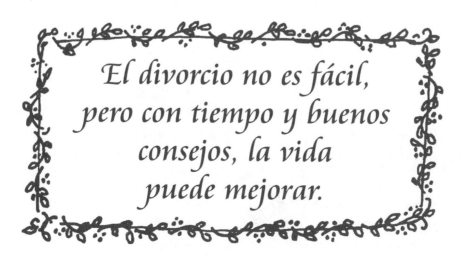

El divorcio no es fácil, pero con tiempo y buenos consejos, la vida puede mejorar.

D. Noviazgo, Nuevas Relaciones, Nuevo Matrimonio

El noviazgo quiere decir aprender a conocer a alguien.

Recuerda: Si te vuelves a casar tendremos una madrastra o padrastro y otros abuelos.
Todo el mundo debe intentar ser comprensivo.
Es un gran ajuste para todos nosotros.
Por favor, compórtense como adultos maduros. Esto es muy difícil para mí.

Sé muy cuidadoso cuando empieces a salir con alguien.
♡ Escoje lo mejor. Te casas con quien sales.

Recuerda que estás haciendo ésto para todos nosotros.

Mi Papá quiere lo mejor para mi.

Mi Mamá hace buenas elecciones.

No te engañes a tí mismo pensando que puedes "cambiar" a alguien. La mayoría de los adultos ya no cambian sus costumbres. Si algo te molesta antes de casarte será peor después, usa la cabeza...

Piensa bien lo que eliges.
Haz tu tarea.
♡ Buena suerte

Queridos Mamá y Papá, cuando salgan con alguien...
¡Por favor miren más allá de las apariencias!!!

- ¿Les gustan los niños? ¿Cómo tratan a los niños?
- ¿Son amables con todo el mundo...camareros, sirvientes, personas que los atienden, otras culturas, etc?
- ¿Tienen mal genio o cambios de humor o son muy callados? ¿Quiéren que las cosas se hagan a su manera con frecuencia?
- ¿Están dispuestos a hablar de sus sentimientos con honestidad?
- ¿Son independientes? ¿Pagan sus cosas?
- ¿Tienen un buen trabajo que pueda sostener una familia?
- ¿Pagan sus deudas? ¿Cuántas deudas tienen?
- ¿Puedes confiar en ellos? ¿Dicen la verdad?
- ¿Cumplen lo que dicen? (promesas, compromisos, etc.) ¿o dan excusas con frecuencia?
- ¿Cuidan de su jardín, casa, automóvil y otras pertenencias? ¿Son limpios?
- ¿Toman en consideración tus deseos y necesidades? (¿Qué película ver, dónde comer, etc?)
- ¿Por cuánto tiempo han estado divorciados? ¿Han ido a terapia familiar?
- ¿Pagan la manutención de sus hijos regularmente? (si tienen niños).
- ¿Tienen malos hábitos? (Drogas, alcohol, juego, groserías, etc.).
- ¿Son egoístas? (el egoísmo destruye las relaciones).
- ¿Son muy celosos o posesivos o coquetos con otros cuando estás cerca? ¿Ponen excusas por su mal comportamiento?
- ¿Intentan que sientas lástima por ellos?
  PRECAUCIÓN: ¿Sientes que tienes que disculparte por ser tú mismo?
  ¿Intentas complacer siempre?
- ¿Comparten tus valores?
  Lee esta lista de nuevo.

E. Hay personas abusivas.

Existen cinco tipos de ABUSO.

1. **Emocional:** censurar por todo o ignorar y ser negligente con el niño o consentir demasiado (dejar al niño hacer cualquier cosa y no poner límites)

2. **Verbal:** hacer sentir al niño o a la familia constantemente mal, enojo excesivo, o decir malas palabras (no ser una persona agradable)

3. **Financiero:** hacer sufrir a un niño porque no se está ganando dinero o porque no se está administrando apropiadamente (decir que el niño cuesta mucho o que el niño tiene que vivir sin lo básico: ropa, alimentos o diversión)

4. **Físico:** Jalar, empujar, dar manotazos, lastimar, golpear y desquitarse el enojo con un niño

5. **Sexual:** tocar a un niño en cualquier parte alrededor de su ropa interior, o que un adulto fuerce a un niño a tocar o ver sus "partes privadas," hablar sobre sexo, pornografía (películas, revistas)

♡ No nací para ser objeto de abusos de ninguna clase.

El 90% de las víctimas de abuso son mujeres

(y muchos niños y niñas).

Mamita—por favor cuéntaselo a alguien—¡obtén ayuda! Siempre tengo miedo.

*Las mujeres que abusan también deben ser denunciadas. Las personas que han sufrido abusos muchas veces se convierten en abusadores. No permitas que ésto pase - por favor..

Hay lugares seguros.

Cada vez que permites que te griten, que te critiquen, te empujen o te peguen—

Gracias Mamá

siento como si me lo hicieran a mí. Me duele y me asusta mucho. Me preocupo por tí (y por mí) todo el tiempo.

Haz algo por favor (centros de violencia familiar, centros de protección infantil, terapia, etc.). Llama al Departmento de Salud, al Departmento de Policía o al 911.

A veces amigos y parientes abusan en secreto.

Ten cuidado al dejarme con alguien

Presta atención a mi humor y a mis hábitos/costumbres de dormir. Háblame con frecuencia, para que me sienta seguro al hablar contigo.

Queridos Papá y Mamá, Enséñenme a no tenerles miedo cuando les digo que me pasó algo malo.

Gracias por tomarme en serio. Pero por favor no te enojes o comiences a gritar. Sé paciente y suave al hablar conmigo, entonces vé con la persona que me hirió y pon cargos contra ella (lejos de mí, no en mi presencia). Déjame con un pariente o alguien de confianza si tienes que actuar rapidamente.

Gracias por enseñarme a tener cuidado con mi cuerpo.

Este es "MI" cuerpo

Yo soy el dueño

Cuando crezca lo suficiente para no usar pañales, enséñame POR FAVOR a NUNCA permitir que nadie me toque alrededor de mi ropa interior, pantalones, cortos o traje de baño. Enséñame a decir ¡NO! y a avisarte.

Si sabes que alguien está lastimando a algún niño de un modo muy malo (ABUSO), por favor, ¡NO LO IGNORES!

¡DENÚNCIALO!
Tú puedes ser la única esperanza de ese niño. (Si tú eres el que lo está haciendo - ¡obtén ayuda para que dejes de lastimar niños!)

Todo tipo de ABUSO es serio.

Aprende la diferencia entre conductas normales y abuso.
Si cualquiera de éstas cosas pasaron en tu casa, estuvo mal.
Tú puedes cambiar las cosas en tu familia. Comienza ahora...

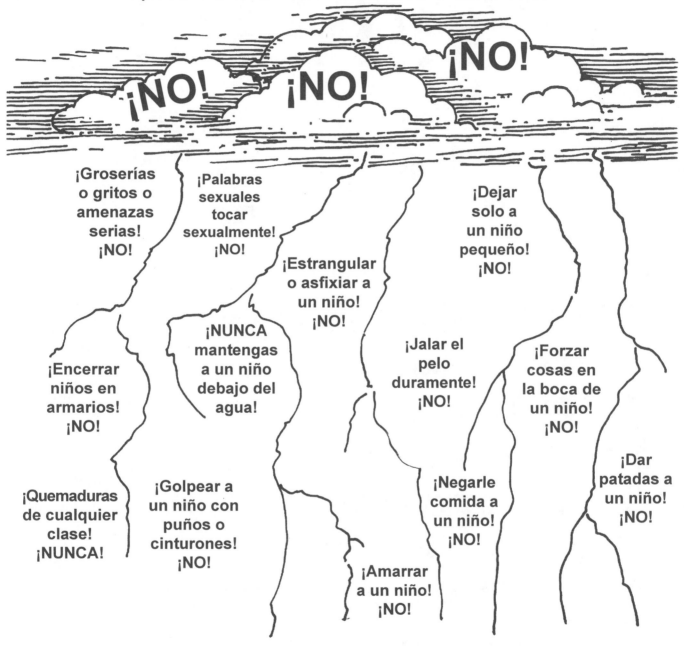

¡NO! ¡NO! ¡NO!

¡Groserías o gritos o amenazas serias! ¡NO!

¡Palabras sexuales tocar sexualmente! ¡NO!

¡Dejar solo a un niño pequeño! ¡NO!

¡Estrangular o asfixiar a un niño! ¡NO!

¡Encerrar niños en armarios! ¡NO!

¡NUNCA mantengas a un niño debajo del agua!

¡Jalar el pelo duramente! ¡NO!

¡Forzar cosas en la boca de un niño! ¡NO!

¡Quemaduras de cualquier clase! ¡NUNCA!

¡Golpear a un niño con puños o cinturones! ¡NO!

¡Negarle comida a un niño! ¡NO!

¡Dar patadas a un niño! ¡NO!

¡Amarrar a un niño! ¡NO!

* Recuerda esto no es disciplina, es ábuso.
Lee pgs. 92-102 nuevamente, con práctica y ayuda podemos tener una familia feliz y fuerte.

¡Por favor no temas obtener ayuda! ¡Por favor escucha a los consejeros! ¡Por favor cuídame! (Cuídanos).

¡¡ALTO!!

Antes de que pierdas el control y me lastimes seriamente...

1. Vete rápidamente a otro cuarto.

2. Sal de la casa y "piensa" — calma tu enojo.

3. Llama a un familiar. Ten sus números de teléfono a mano.

4. Llama a alguna amistad o a un pastor o padre religioso.

5. Como último recurso - llama al 911.

¡NO ME HAGAS DAÑO!

*Ir demasiado lejos quiere decir que el castigo es muy cruel para el problema.
*Si pierdes el control con frecuencia, por favor encuentra la manera de obtener ayuda. (No lo dejes para más tarde)

Amar
quiere decir
sentir
Seguridad

F. A veces enfrentamos RETOS PERSONALES

(depresión, soledad, desórdenes alimenticios,
alcohol y drogas, apuestas y otros malos hábitos.)
Siempre hay esperanza y ayuda.

Cuando se es padre a veces uno se puede sentir aislado.

Es una buena idea tener algunas amistades que también tengan niños. Te ayuda a hablar de las cosas. Llama a la escuela más cercana y solicita información sobre clases de cómo criar niños.

Si te sientes agobiado todo el tiempo por cualquiera de las siguientes razones, ¡POR FAVOR OBTÉN AYUDA!

1. Cambios de humor (¿Sabes por qué?)

2. Siempre le echas la culpa a los demás – ¿Puedes tomar responsabilidad de tus actos?

3. Enojo (descontrolado) – ¿Te enojas con mucha frecuencia? ¿Por qué?

4. Depresión (no quieres levantarte de la cama, te sientes triste con frecuencia, nada te interesa, desórdenes en tu alimentación, etc.)

5. Aislamiento (no querer hacer nada con la familia, amistades o grupos de ayuda)

6. Te sientes negativo frente al mundo y las cosas.

   *Si te sientes de cualquiera de estas formas, habla con alguien.

♡ Me ayudarás ayudándote a tí mismo.

Gracias por no fumar, tomar o usar drogas.

Quiero que tú vivas una larga, larga vida.
¡Eres tan importante para mí!
Por favor aprende a gustarte a tí mismo.
Yo sé que tú no quieres que yo tenga este
hábito (malos hábitos son duros para todos)

¡Los malos hábitos son malos para la familia y para los demás!

Alcohol
Drogas
Apuestas
Desórdenes alimenticios
Fumar

Espero que me enseñes a no usar ninguna de estas cosas.

♡ Me siento confundido y con miedo cuando estás fuera de control.
Por favor consigue ayuda y terapia para cualquier obsesión.

Sé que es difícil reconocer que tenemos alguno de estos problemas (NEGACIÓN)

Por favor considera con honestidad
tus opciones y tus actos.
Todo lo que haces me afecta.

★ Si vives con alguien que tiene estas conductas,
por favor obtén terapia para nuestra familia.
Necesitamos tanta ayuda como el adicto.

VIII. Consejos favoritos de la Abuela

Queridos Niños,

He aquí algunos de nuestros consejos favoritos para...

1. La casa
2. Comidas
3. Tesoros

Con Amor,
Abuelita Marie

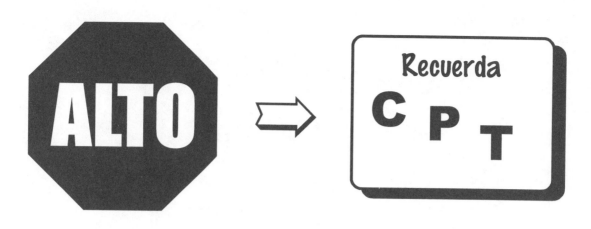

ALTO ⇒ Recuerda C P T

Efectúa una Inspección Diaria antes de que comience el día:

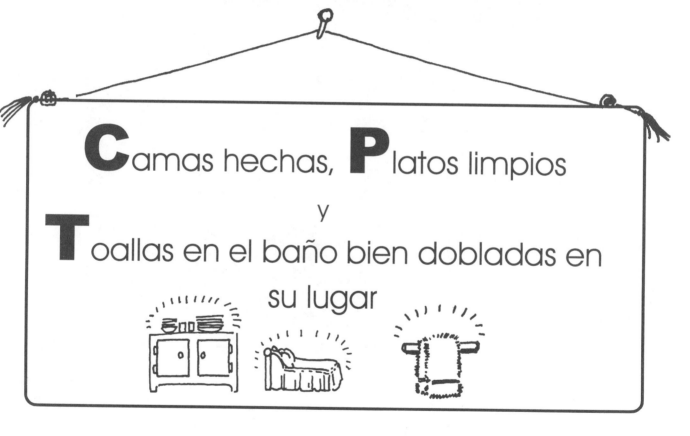

Camas hechas, **P**latos limpios

y

Toallas en el baño bien dobladas en su lugar

Un poquito de orden es mejor que ningún orden.
Si tienes más tiempo, haz algo más.
Recuerda - tu casa debe hacer sentir bien a todos.
(El desorden contínuo no lo hace a uno sentirse bien).

1. LA CASA

Las próximas páginas te van a enseñar lo "básico"

para limpiar una casa, hacer tus compras...

Mira el plan:

- Arreglar desórdenes
- Pasar volando por la lavandería
- Enfrentarse con la cocina
- Volar por las recámaras
- Hacer brillar los baños
- Magia semanal
- Reglas de la casa

SUGERENCIAS PARA LA CASA

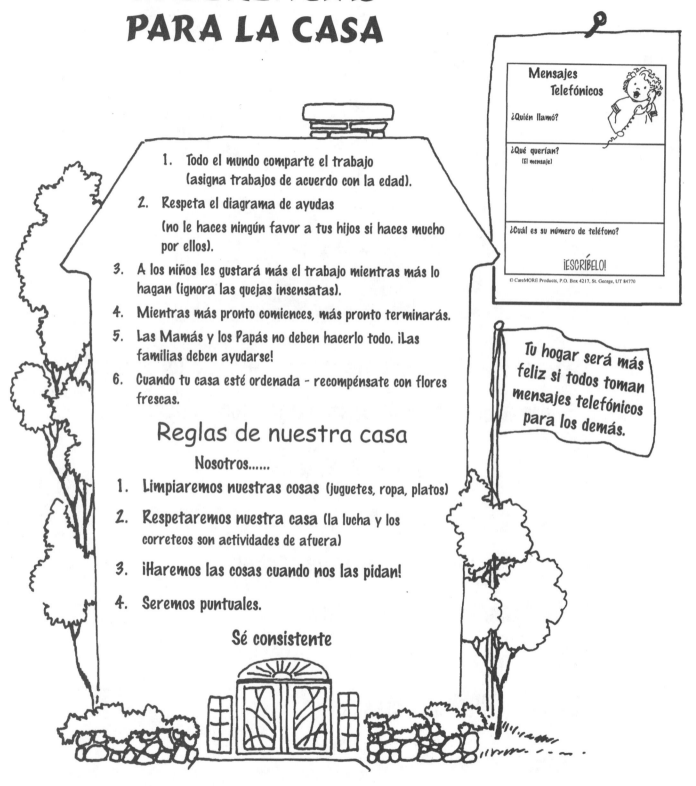

Mensajes Telefónicos

¿Quién llamó?

¿Qué querían?
(El mensaje)

¿Cuál es su número de teléfono?

¡ESCRÍBELO!

© CareMORE Products, P.O. Box 4217, St. George, UT 84770

1. Todo el mundo comparte el trabajo (asigna trabajos de acuerdo con la edad).

2. Respeta el diagrama de ayudas (no le haces ningún favor a tus hijos si haces mucho por ellos).

3. A los niños les gustará más el trabajo mientras más lo hagan (ignora las quejas insensatas).

4. Mientras más pronto comiences, más pronto terminarás.

5. Las Mamás y los Papás no deben hacerlo todo. ¡Las familias deben ayudarse!

6. Cuando tu casa esté ordenada - recompénsate con flores frescas.

Reglas de nuestra casa

Nosotros......

1. Limpiaremos nuestras cosas (juguetes, ropa, platos)

2. Respetaremos nuestra casa (la lucha y los correteos son actividades de afuera)

3. ¡Haremos las cosas cuando nos las pidan!

4. Seremos puntuales.

Sé consistente

Tu hogar será más feliz si todos toman mensajes telefónicos para los demás.

Cuando tus hijos sean lo suficientemente grandes para contestar el teléfono debes enseñarles a ser amables con quienes llamen. Enséñales a tomar un mensaje.

(El teléfono no es un juguete).

¿Con qué rapidez puedes limpiar tu casa?

(si te mueves aprisa puedes hacerlo en menos de una hora!)

Todo lo que necesitas es un plan...

1. Levántate, vístete, péinate, haz tu cama y alimenta a la familia.

2. Decide lo que vas a cocinar para la cena no más tarde de las 10 a.m. (antes de que te vayas a trabajar o comiences tu día). Empieza a cocinar, pon las carnes a descongelar dentro del refrigerador, escribe tu lista del mercado, etc.

3. Para comenzar: desconecta el teléfono y no enciendas la televisión.

4. Toma 45 minutos por reloj.
   (si necesitas motivación adicional)

5. Corre por la casa y levanta lo que está tirado.

6. Pon todo en el cuarto que corresponda...¡trabaja inteligentemente!

p.d.   Ajusta el plan a tu horario de trabajo

¿Dónde poner lo que está tirado?

1. En el cesto o bolsas de basura
2. El cesto de la lavandería
3. Alacenas
4. Cajones
5. Estantes o anaqueles
6. Armarios
7. Ganchos o perchas
8. Canastas - de todos tamaños
9. Cajas
10. Cestas

♡ Todo necesita un lugar.
Decide lo que necesitas y tira el resto.
(ventas de garaje, tiendas, amigos...sigue revisando) Es divertido.

Pasar volando por la Lavandería

1. Reúne toda la ropa sucia y clasifícala.
2. Busca manchas.
   (usa un rociador con removedor de manchas - revisa las etiquetas de la ropa)

Ropa de colores oscuros

Ropa blanca y de colores claros

3. Revisa todos los bolsillos y retira cualquier sorpresa.
4. No llenes mucho la lavadora. Usa la cantidad correcta de detergente (lee la caja)

Mientras se lava la ropa - sigue moviéndote...

Vé y enfréntate a la cocina...➜

En cuanto se seque la ropa,
dóblala o cuélgala para evitar que se arrugue.
Sugerencia - Si tienes muchas colchas, tapetes, etc.
ve a una lavandería y usa una máquina más grande.

Ataca la Cocina

1. Levanta los platos y utencilios sucios y quita los restos de comida.
   A. Revisa el refrigerador, tira la comida en mal estado,
      pon los platos sucios en el fregadero
2. Enjuaga o remoja los platos en el fregadero con agua caliente jabonosa.
3. Tienes tres opciones:
   A. Pon los platos en la máquina lavadora de platos (si tienes una)
   B. Lava, enjuaga, seca y guarda los platos
   C. Remoja los platos durante la noche (si estás muy cansada)
4. Limpia todas las mesas, tableros y la parte superior de la estufa.
5. Barre el piso y saca la basura.
   A. Rápidamente limpia derrames y manchas.

♡ ¿Curnto tiempo te ha tomado? Corre a las recámaras.

¡Vuela por las recámaras!

1. Haz las camas.
2. Levanta la ropa.
3. ¿Hay un lugar para todas las cosas?

Es práctico limpiar un
cuarto a la vez.

Haz brillar los baños

1. Dobla y cuelga las toallas.
2. Limpia las superficies, reemplaza el papel higiénico (si ya no hay) y saca la basura.
3. Pule el lavamanos (y la bañera si es necesario)
   ¿Haz intentado usar uno de esos líquidos para eliminar restos de jabón (sarro)?
4. Rocía y limpia el espejo.

Pon una etiqueta en los cajones o usa ilustraciones recortadas para los niños.

Camisas
Suéteres

Calcetines
Ropa interior
Pijamas

Pantalones cortos
Pantalones

Revisa la ropa de los niños con frecuencia. Busca un lugar para la ropa y zapatós. Guarda la ropa buena para otro miembro de la familia y regala el resto (o guárdalo para vender).

¡BIEN HECHO!

HOGAR, DULCE HOGAR

1. Intenta demostrar interés por tu casa.
2. No permitas que el trabajo de la casa te haga sentir mal.
3. Una casa ordenada hace que todo el mundo se sienta mejor.
4. Ten un plan sencillo:
   A. Ten una idea de qué vas a cocinar.
   B. Aprende cómo ordenar las cosas.
5. Aprende lo básico de la limpieza.
6. Aprende cómo los colores correctos embellecen una casa.

Magia Semanal
Escoge un día
Una vez por semana se pueden hacer cosas para organizar
la casa y las cosas personales. Se suguiere lo siguiente:

1. Limpia y organiza tu bolso y/o portafolio.
2. Limpia los inodoros.
3. Pasa la aspiradora y limpia los pisos.
4. Lava la ropa (si no lo haces a diario)
5. Haz las compras del mercado más importantes.

   ¡Debes estar pendiente de las rebajas en alimentos y de los cupones de

   descuento! (coleccionar cupones de descuento te ayuda a comprar comida y cosas que te gustan)
6. Revisa los armarios, las alacenas y ventanas.
7. Lava el automóvil y límpialo por dentro (organiza la guantera).

♡ Una casa es solamente una casa
hasta que alguien se toma la molestia
de hacerla un hogar.

2. COMIDAS
Sugerencias de Comidas

1. Se dice que la cocina es el corazón de la casa.
   (Intenta aprender a cocinar)

2. ¿Sabes que la cena (dependiendo de la cultura) es la comida más importante del día para tu familia? Piensa lo que vas a hacer la noche anterior o planea temprano antes de las 10 a.m.

3. Prepara (frecuentemente) alimentos sanos que le gusten a la familia.

4. Anima a que los demás te ayuden en la cocina.
   (A los niños les encanta ayudar, invita a Papá).

5. Intenta no comer frente a la tele.
   (A veces ésta es la única hora en la que todos están juntos).

6. Habla de cosas alegres y positivas durante la comida.

7. Todo el mundo tiene que ayudar a limpiar los platos y guardar la comida.

1. Desayuno
2. Almuerzo
3. Merienda
4. Cena

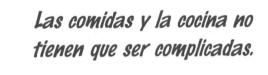

Las comidas y la cocina no tienen que ser complicadas.

1. Decide qué alimentos le gustan a la familia.

2. Aprende a planear el menú semanal y tu lista del mercado.

3. Aprende la manera inteligente de cocinar.

Acuérdate de lavarte las manos con agua y jabón antes de preparar cualquier alimento.

Olla eléctrica

Arrocera eléctrica

Microondas

Los alimentos vienen de muchas maneras

1. Frescos
2. Congelados
3. Enlatados
4. Embotellados
5. En cajas
6. En bolsas

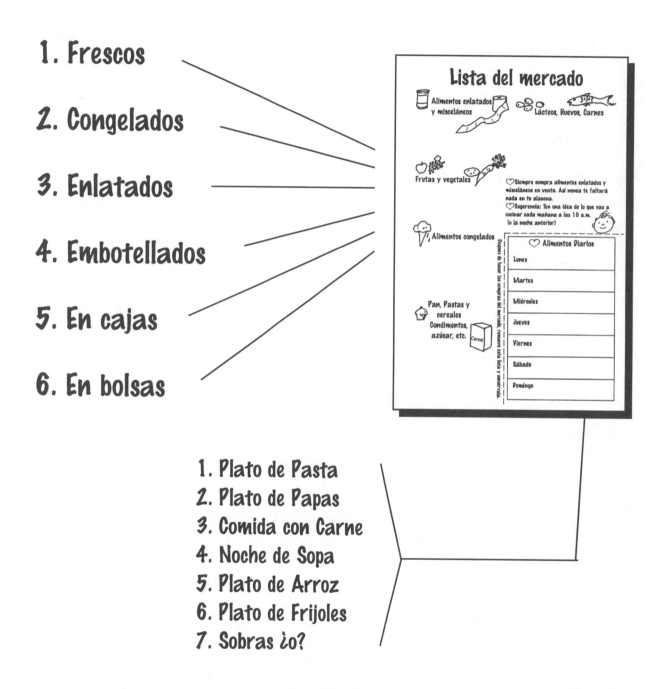

Lista del mercado

Alimentos enlatados y misceláneos

Lácteos, Huevos, Carnes

Frutas y vegetales

♡Siempre compra alimentos enlatados y misceláneos en venta. Así nunca te faltará nada en tu alacena.
♡Sugerencia: ten una idea de lo que vas a cocinar cada mañana a las 10 a.m. (o la noche anterior)

Alimentos congelados

Pan, Pastas y cereales
Condimentos, azúcar, etc.

Cereal

Prepara de hacer las compras del mercado, remueve esta lista y consérvala.

♡ Alimentos Diarios

Lunes	
Martes	
Miércoles	
Jueves	
Viernes	
Sábado	
Domingo	

1. Plato de Pasta
2. Plato de Papas
3. Comida con Carne
4. Noche de Sopa
5. Plato de Arroz
6. Plato de Frijoles
7. Sobras ¿o?

Planea, prepara y toma las cosas con calma.

FRUTA

Intenta comer más fruta y menos caramelos y cosas azucaradas. Ten fruta fresca en la cocina.

VEGETALES

Intenta servir vegetales frescos o congelados todos los días. Descubre cuáles son los vegetales que tu familia disfruta más.

Estos alimentos de verdad son buenos para tí y son **SENCILLOS** de preparar.

(Estas son sólo sugerencias. Muchas culturas tienen comidas deliciosas que no hemos mencionado aquí. Por favor, comparte tus recetas con tus amistades.)

❀ Papas
❀ Arroz
❀ Pastas
❀ Frijoles
❀ Todos los vegetales
❀ Todas las frutas

Compra suficiente de estos alimentos. No necesitas mucha carne.

(Además, te ayudará a ahorrar un poco).

Estos otros alimentos son necesarios en la mayoría de las recetas.

❀ Harina
❀ Azúcar
❀ Condimentos, saborizantes
❀ Levadura
❀ Sal y pimienta
❀ Aceite y Manteca
❀ Huevos
❀ Leche
❀ Mantequilla o Margarina
❀ Algo de carne

Mientras más cocines más fácil te resultará hacerlo.
(Mantén tu alacena siempre surtida).

Asegúrate de tener alimentos saludables.

Sopas	Crema de
Vegetales	Cacahuates
Fruta Gelatina	Pasas
Pudin	Jalea
Chocolate en	Galletas
Polvo	Palomitas de
Puré de Papas	Maiz
Instantáneo	Leche en Polvo
Miel	Avena

Mantén estos alimentos a mano a todas horas (no gastes el dinero en bebidas gaseosas, fritos, dulces, galletas, cereales azucarados - son malos alimentos)

PAPAS

Puedes hacer una comida con papas. ¡Ten creatividad!

1. Ásalas: Ponles mantequilla, sal y pimienta o queso rayado, o chile y queso o pedacitos de tocino, cebollitas de cambray y queso.

2. Cuécelas al vapor: Las papas rojas son deliciosas.

3. Hiérvelas: (pélalas) Haz un puré de papa con algo de leche. Sírvelo con mantequilla, una pizca de sal y de pimienta. Prueba diferentes salsas "gravy" (mezcla una lata de sopa de carne "stroganoff" y una lata de crema de pollo con una lata de leche).

4. Papas al horno: (no las peles) Córtalas, mézclalas con dos cucharadas de aceite, un sobre de sopa de cebolla en polvo, cebollitas de cambray picadas, pimiento morrón picado, ¼ de taza de queso parmesano. Asa a 350° de 30-40 minutos.

* Siempre lava y restriega las papas antes de cocinarlas.

 # FRIJOLES

Hay muchas variedades de frijoles. Puedes cocinarlos tú mismo
(comienza el día anterior y sigue las instrucciones del paquete)
o compra frijoles enlatados (¡ten tu abrelatas listo!).

1. Frijoles especiales: Usa una lata de "chili," 1 lata de frijoles, 1 lata de tomates con "chili" cocidos. Calienta y Sirve. (Ponle algo de maíz para cambiar).

2. Ensalada de Frijoles: Escurre lo siguiente: 1 lata de frijoles, 1 lata de ejotes, 1 lata de garbanzos, 1 lata de betabeles picados, ½ taza de cebolla morada o cebolla deshidratada, 1 taza de aderezo Italiano, ¼ de taza de azúcar. Ponlo en un tazón, mézclalo bien y ponlo en el refrigerador.

3. Sopa de Alubias: 2 latas de Alubias (no las escurras), 1 rebanada (gruesa) de jamón picado en pedazos pequeños. Hierve a fuego lento por unos 15 minutos. Intenta comerlo con pan de maíz. (Sigue las instrucciones de la caja y usa los cartones para mantecadas).

4. Frijoles Pintos y Arroz: Calienta sobras de arroz y frijoles en ollas separadas o en el microondas. En cada plato pon una taza de arroz, frijoles pintos, tomate picado, cebollitas de cambray picadas, pepino, queso rayado, crema agria y salsa (pico de gallo).

5. Super-Sopa: 1 lata de tomates cocidos, 1 lata de maíz, 1 lata de frijoles, 2 tazas de pasta, vegetales. Sazona al gusto. Calienta por cinco minutos y sirve.

ARROZ

El arroz viene en muchas variedades.
El arroz blanco y el arroz integral son los más populares.
(cuando estés muy ocupado, el arroz preparado en paquete es una maravilla)

Cocina Arroz
(sigue las instrucciones del paquete con cuidado y dobla la cantidad de arroz para platos extra de arroz)

1. Arroz Caliente: Sírvelo con mantequilla y sal, salsa "gravy" u otras. (Usa en lugar de papas).

2. Estofados: Pollo, atún, carne molida - revisa tus libros de cocina y revistas.

3. Sofrito (usa arroz que te sobre): Ponle vegetales cocidos al vapor y un poco de salsa de soya.

4. Arroz "español" rápido: Pon un cuarto de "salsa" picada (pico de gallo) en el agua para cocinar tu arroz. Pon el arroz y cocínalo. Sírvelo con un poco de queso rayado.

5. Pudín de arroz rápido: Cocina un paquete (grande 5 oz., 141 gramos) de pudín de vainilla. Ponle dos tazas de arroz sencillo que te haya sobrado, revuélvelo y ponle una cucharada de canela. (Le darás variedad si le pones pasas de uva).

6. Sopas: Usa el arroz que te haya sobrado en la mayoría de tus sopas para que sean más nutritivas.

PASTA

1. Las pastas vienen en todos los tamaños, formas y colores.
(el espaguetti es solo una clase de pasta)

2. Cuando estés de compras mira todas las clases distintas de pastas. Sigue algunas de estas ideas:

Sirve una ensalada verde con estas comidas.

Espaguetti — Usa salsa enlatada si tienes poco tiempo para hacerla. Ponle un poco de tomates picados. También intenta nuevas salsas.

Lasaña — Fácil de hacer con salsa enlatada. Sigue las instrucciones de la caja (es fácil de congelar).

Fideos (Intenta conchitas, macarrones, etc.) — Buenos con salsas, en ensaladas de vegetales o con mantequilla y sal. Sirve con vegetales cocidos al vapor.

Macarrones con Queso (de vez en cuando) — Puedes hacerlos en casa o comprar los de caja. Ponle salchichas picadas u otras carnes.

Fideos planos— Intenta hacer un estofado de atún o de pollo: Mezcla los fideos con una lata de crema de champiñones, 1 lata de leche. Coloca luego en capas los fideos cocidos, el atún escurrido, queso rayado, más fideos, más queso rayado, y papas fritas (comerciales) molidas. Hornea a 350° durante 30 minutos.

♡ ¡Diviértete experimentando!

3. Tesoros

¡A veces unos
buenos consejos
pueden hacer una
gran diferencia!

Consejos Atesorados
de la Abuela

1. Si trabajas mucho - aprende a jugar.
   Si juegas mucho - aprende a trabajar.

2. Encuentra una razón para reír todos los días.

3. Nunca permitas que la gasolina de tu carro esté por debajo del ¼ de tanque.

4. Toma un baño de burbujas.

5. Sabes que estás madurando cuando no culpas a los demás.

6. Busca un ejercicio que te agrade - se hace divertido.

7. Sentir lástima por tí mismo sólo hace que las cosas sean peores.

8. Oblígate a hacer algo bueno por otra persona.

9. Una noche de buen sueño ayuda a tener un día mejor.

10. Rompe tu alcancía en una ocasión especial.

11. Demuestra agradecimiento cuando recibas un regalo o una cortesía.

12. Lávate la cara, péinate y aféitate antes del desayuno.

13. Si te ves descolorida o pálida, ponte algo de lápiz labial y maquillaje (rubor).

14. Cuando llegue la familia a casa, deja el teléfono.

15. Sé una persona bondadosa.

16. Evita la deuda como la lepra - paga tus deudas.

17. Recuerda que tú estás en control de tu felicidad.

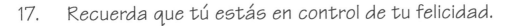

18. Se leal a tu familia.

19. Se un amigo de verdad.

20. Dale a otros porque quieres, no porque esperas algo.

21. Báñate todas las noches.

22. Hay un viejo dicho: "Cuando tengas un mal día, limpia tus cajones."

23. Toma un par de minutos y cuida un jardín, planta una flor - o lo que sea.

24. No prestes algo si significa mucho para tí.

25. Desarrolla un corazón agradecido por las cosas que ya tienes.

26. Procura poner algo de dinero en una cuenta de ahorros.

27. Cuando has estado trabajando duro y por largo tiempo, tómate un descanso de diez minutos y haz algo que te guste.

28. Si tomas algo prestado, devuélvelo tan rápidamente como puedas.

29. Si te equivocas, admítelo y no lo vuelvas a hacer.

30. Todo el mundo quiere comer más o menos a las 6 p.m. (depende de la cultura).

31. ...y por último, si crees que ya eres un adulto, ya es hora de que dejes de hacer niñerías: siempre que dejes la casa vístete decentemente (no uses ropa sucia y desordenada, obtén un buen corte de cabello y sé limpio y aseado).

Los niños merecen padres que se preocupen y que intenten ser buenos ejemplos.

♡ **Esperamos que estos consejos les ayuden tanto como nos han ayudado a nosotras.**

¡Gracias por Amar a tus Hijos!